平成の漢詩あそび

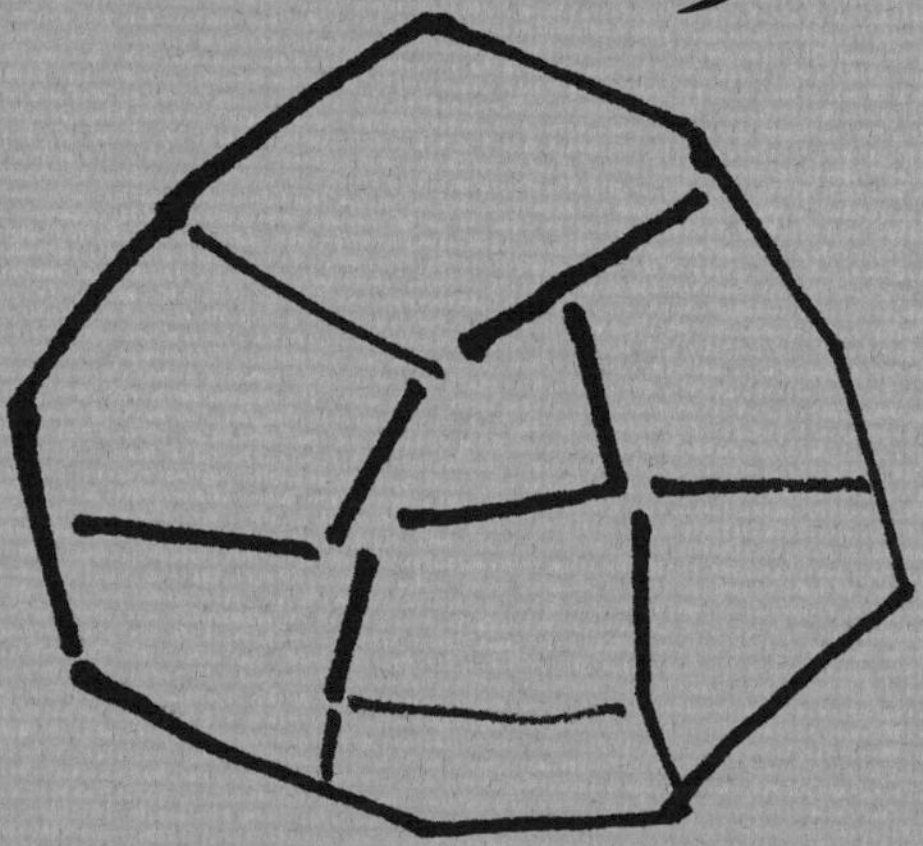

岡崎満義

西田書店

序

著者の岡崎満義さんは私の教室の一つ、朝日カルチャーセンター横浜のそれに長年出席されている方である。教室に来られてから暫く経過した後、『文藝春秋』の編集長をして居られたと知った。

此の度、神奈川新聞に五十回連載された五十首を纏めて一冊の詩集を刊行されることとなった。慶賀の至りである。序を書いて欲しいというご要望があったので喜んで駄文を寄せることとした。

詩の内容は、著者が「まえがき」に述べて居られるように、「風流風雅な世界とは程遠い、俗な世界にどっぷりつかった詩作だと言えようか。」とある通り、現代の社会での出来事を詠んだ詩が多い。これは現役時代にジャーナリストとして、出版社に身を置かれた環境と無縁ではあるまい。又時宜に即した詩が多いのも、この詩集の特色である。それらの詩の面白さは、付けられたエッセイによって、相乗効果が発揮されていると言えよう。

換言すれば、三千年間培われた漢詩の作り方のルールという古い袋の中に、新しい材料を入れて醸し出された新しい漢詩とも言えよう。そして、それは新聞という近代的なメディアという手法を利用しての結果である。正に二十一世紀の産物と言っても良かろう。

唯、読者の皆さんに覚えておいて頂きたいことがある。それは、この様な現代的な詩以外に、『詩経』以来作られて来た中国の膨大な数の詩の本質は、士大夫《したいふ》即ち教養人である詩人が自らの思想や志を述べること、なのである。

今後、益々加餐され、楽しい詩、王道を行く詩を作られることを念願する。

最後に慶祝の蕪詩を載せておく。

賀平成漢詩遊上梓　　平成漢詩遊の上梓を賀す
板行従業四旬年　　板行業に従い　四旬年
名士稗官多善縁　　名士稗官《はいかん》　善縁多し
人世身邊幾多事　　人世　身辺　幾多の事
詠來興致見編編　　興致を詠じ来たるを　編々に見る

平成二十九年十月吉日

於同塵舎　**窪寺啓**

平成の漢詩あそび——目次

第1部　50首　平成を彩った人たちと日常を詠む

第2部 楽しくあそぶために ルールと実例

まえがき

朝日カルチャーセンター横浜の漢詩実作教室に入門したのは2002年のたしか4月だったと思う。教室はJR横浜駅ビルの8階にあった。講師は窪寺啓先生。クラスは25名程度。隔週の金曜日午前10時半から12時までの授業で、前回の授業のとき提出した生徒の作品を一首ずつ先生が批正していくというやり方である。入門初日、窪寺先生は「とにかく『だれにもできる漢詩の作り方』（太刀掛呂山）をよく読んで、漢詩のルールをはずさない自然詠の七言絶句を一首作ってきてください」と言われた。二首まで提出可能だったので、週一首作ろうと決め、そこから私の漢詩との悪戦苦闘が始まった。窪寺先生は笑顔はやさしく、言葉もていねいだったが、批評はきびしかった。返却される作品にしばしば「意不通」「単なる説明！」「アア、そうですか」など短く鋭い批判が書かれた。それでも一年に一度くらい、出来のいい七言一句があると、その横に七つの○（圏点）印がつけられたりする。それが大きなはげみになった。

朝日文化中心横浜漢詩講座

作詩欲学有良儔　作詩学ばんと欲すれば良儔《りょうちゅう》（よき友）あり
文化中心在駅楼　文化中心《カルチャーセンター》は駅楼にあり
師弟因縁無限好　師弟の因縁限り無く好し
鷗盟共楽小風流　鷗盟（詩の仲間）共に楽しむ小風流

どうして漢詩を作ってみたいと思ったのか、今も自分でよく分らない。39年つとめた出版社をリタイアして3年目、65歳の時であった。誰にすすめられたわけでもなく、偶然カルチャーセンターの案内書に漢詩実作講座があるのを見つけて申込んだ。１９６２年夏、台湾から東大に来ていた留学生・湯淑貞さんに週1回、中国語を習ったのも何の目的もなく始まったが、漢詩実作もその時同様、偶然始った。それまでに吉川幸次郎「新唐詩選」「人間詩話」や井伏鱒二「厄除け詩集」、佐藤春夫「車塵集」などは読んでおり、とくに井伏、佐藤の訳詩が面白く、私も漢詩をそんなふうに訳してみたいという気持があったので、それが漢詩実作教室入門の無意識の動機だったかもしれない。

こうして私の漢詩実作が始って10数年、読んでいただければすぐ分ることだが、時事問題、人事、事件、現代風俗に関する作品がきわ立って多い。優雅に自然風物を詠むよりすぐに人間臭い事物・事件に目が行ってしまうのである。多分これは長年雑誌編集者をしてきたせいだろうと思う。風流風雅な世界とは程遠い、俗な世界にどっぷりつかった詩作だと言えようか。あえて言えば、同時代人を詠みたい、私が生きている今の時代を共に生きている人たち、有名無名にかかわりなく、私の心に響く生き方をした人たちを詩のかたちにして残しておきたいと思ったのだ。またこの時代を共に生き、亡くなっていった友人知己を〝紙碑〟として残したいとも思った。

もうひとつ付け加えるなら、神奈川県漢詩連盟のモットーである「漢詩を学ぶ・漢詩で遊ぶ」を、作詩の中で私なりに実践してみたいということである。遊び心の汪溢した詩、ウィット、ユーモアのある詩を作ってみたいと強く思った。

ここに収めた五十首の詩はほとんどすべてに窪寺先生の批正が入っている。窪寺先生あってはじめて私の詩が何とか読めるものになった。先生にはどんなに感謝しても感謝しきれない。窪寺先生は漢詩の王道を守り、千年を超える日本の漢詩の伝統を継承するという強い意志と情熱をもつ先生である。こんな先生に漢詩を学べたことは私の大いなる幸福であった。

この小著にも序文をいただき、本のタイトルも「平成の漢詩あそび」はサブタイトルとして、「湘南漫浪」としてはどうか、とありがたいアドバイスをいただいたが、カバーのデザインが一足早く進行していたので、それは実現できなかった。

岡崎　満義

第1部

50首

平成を彩った人たちと日常を詠む

●第1回　平成24年4月29日

宇宙探査機隼帰還

宇宙探査機 隼《はやぶさ》の帰還

七載飛船無限程
晦冥宇宙苦長征
喜聞拾得絲川坌
勿忘帰来隼盛名

七載（七年）飛船（宇宙探査機）無限の程（道のり）
晦冥（暗黒）の宇宙　苦しき長征
喜び聞く　拾い得たり糸川の坌《ふん》（ちり）
忘る勿《な》かれ　帰り来る隼の盛名

全日本漢詩連盟は今から9年前（2003年）に設立され、神奈川県漢詩連盟はその3年後にできた。「この英語万能時代に漢詩を作る人がまだいるの?」と思う人が多いだろう。漢詩の全国大会を開くと、少ないときで500首、多いときで1200首くらいの作品が集まる。どうやら漢詩実作者は日本の総人口の0・00001%、まちがいなく〝絶滅危惧種〟だ。それでも私は、たとえ〝危惧種〟であっても、絶滅しなければいいと思い、わずかな詩心と遊び心で、10年前から漢詩教室に通い、毎週1首を目標に四苦八苦しながら作っている。

漢詩を学ぶと、まず「自然を風雅にうたうこと」と教えられるが、私は長年雑誌編集者をしてきたせいか、ついつい時事風俗人事の方に目が向いてしまう。上に掲げた詩はその一つ。7年も宇宙を迷走した後、小惑星イトカワのちりを持ち帰って日本はおろか、世界中を驚嘆させた「はやぶさ」を詠まずにはいられなかった。それに〝戯訳〟をつけた。「宇宙ヲブラリ　ヒトリ旅／七年ヤット　里ゴコロ／イトカワノチリ　チヨト手ミヤゲニ／ウレシイ生還　佳キ名ハヤブサ」。われながらB級グルメ的漢詩だなあ、と思う。実は私の愛読書・井伏鱒二「厄除け詩集」の真似《まね》である。「花発多風雨／人生足別離」（于武陵「勧酒」から）を「ハナニアラシノタトヘモアルゾ／『サヨナラ』ダケガ人生ダ」とした名訳にあやかりたいとは思うものの、なかなかそうはいかない。あらゆる意味で前途遼遠《りょうえん》だが、熱心な漢詩仲間とゆっくりのんびり詩作を続けている。

寄撫子日本女子足球隊

撫子日本女子足球隊《なでしこジャパンサッカーチーム》に寄す

驚看脚技勁還柔
走去驅来自在球
十一碧衣場裡舞
扶桑飛燕放清眸

驚き看る脚技　勁《つよ》く還《ま》た柔《やわら》かく
走り去り驅け来たり自在の球
十一の碧衣《へきい》（青いユニホーム）　場裡《じょうり》に舞う
扶桑《ふそう》（日本）の飛燕《ひえん》　清眸《せいぼう》を放つ

昨年（平成23年）3月11日の東日本大震災とそれに続くフクシマ原発の大惨事、テレビから次々流れる恐ろしい映像に声もなく、ただ茫然《ぼうぜん》とした。少し元気になったのは4カ月後、なでしこジャパンが女子サッカーW杯で強敵アメリカを破って優勝したときである。

こんな強い女子の出現の始点は、1974（昭和49）年に日本出身の女性ゴーマン美智子さんがボストンマラソンに優勝したときだと思う。「走る女子」が一挙にふえ社会の風景が変わった。スポーツだけでなく、たとえば芥川賞受賞者も、80年代には男女比はほぼ1対1になって、〝女流作家〟は死語になった。実は漢詩の世界でも、ここ数年、全国大会を開くと文部科学大臣賞など上位特別賞は、女性詩人が男性を圧倒している。先年、文科大臣賞を受賞された高齢の女性・関谷則さんの「南海月明」の七絶は、うっとりするようなイメージ豊かな作品だ。

――盛夏風斜めなり　南海の涯《ほと》り　今宵《こんしょう》水畔《すいはん》　景尤《けいもっと》も奇なり

幾千の蟹卵《かいらん》　波を染めて赤く　満月天に在《あ》り　潮適《しおかな》ふ時

西暦751年に日本最古の漢詩集「懐風藻」ができて以来（万葉集はその8年後だ）、漢詩文は千年にわたって日本文化の根幹をなしてきた。いわば和魂漢才である。明治になって西欧文明全盛となり、和魂洋才の時代が始まった。1945（昭和20）年の敗戦後は、アメリカ文化一辺倒、和魂米才となった。その代表選手を、私は長嶋茂雄、小田実だと思っている。

●第3回　平成25年9月30日

捧慈媼

▒慈媼《じおう》（穏やかな老婦人）に捧ぐ

菜羹作得有芬香
直欲携行慈媼傍
白髪淡粧迎我喜
誰言郎勿入厨房

菜羹《さいこう》（野菜汁）を作り得て芬香《ふんこう》（よい匂い）有り
直ちに慈媼の傍《かたわ》らに携行せんと欲す
白髪　淡粧　我を迎えて喜ぶ
誰か言う　郎（男子）の厨房《ちゅうぼう》に入る勿《なか》れと

40年勤めた出版社をリタイアしたとき、いよいよ「自立」の時至る、と思った。自立の第一条件は食である。しばらくの間、妻から料理の手ほどきを受けた。あとは毎日の新聞に載る料理レシピのメモと、何度か取材した料理研究家の辰巳芳子さんから頂いた料理本を参考に作り始めた。よく作るのは、けんちん汁、野菜汁、芋煮、冬瓜《とうがん》スープ、ミネストローネなど。汁物が多い。

近所に90歳で1人暮らしをしている女性がいらっしゃる。妻と仲良しで、時々妻がスープを1人分持参すると、大層喜んでくださる。そのとき、話のタネとして、私が作った漢詩を添えたりもする（掲出詩はその一例）。

ある日、その方が「糸電話を作ってもらえませんか」とわが家にみえた。補聴器を何回取り換えてもよく聞こえない。ふと、昔読んだ雑誌の記事を思い出した。銀座の老舗レストランの老マダムが、次第に耳が遠くなって、お客さんとの会話がスムーズにいかなくなった。大きな声を出すと周りのお客さんに迷惑になるので、思いついたのが小さな糸電話の利用だったという。そのまねをしたい、とおっしゃる。このときも「九十嫗替補聴器用絲電話」と題した漢詩を作り、プレゼントした。

老老介護という言葉をよく見聞きするようになったが、そこに至るまでに〝老老愛語〟、つまり言葉を通しての親密なコミュニケーションの段階がありうるのではないか。漢詩もきっとその役に立つ、と思う。

● 第4回　平成25年1月6日

聴山中伸弥博士見授諾貝爾医学生理学賞

山中伸弥博士の諾貝爾《ノーベル》医学生理学賞を授けらるを聴く

珍異細胞研究成
化身千万悟空精
学僧風貌爽論述
恰似閑観水月明

珍異の細胞　研究成る
身を千万に化す悟空の精
学僧の風貌　論述爽やかに
恰《あたか》も似たり閑《しず》かに水月の明らかなるを観《み》るに

2011年3月11日の東日本大震災とフクシマ原発の大惨事には、ほんとうに参った。心の深いところに生じた無力感が、いつまでも消えなかった。元気づけられたのは、女子サッカーW杯優勝のなでしこジャパン、日本国籍を取得したドナルド・キーンさん、そしてノーベル医学生理学賞を受賞した京都大学の山中伸弥博士である。

山中さんの受賞で反射的に思い出したのは、1949年に日本人として初めてノーベル物理学賞を受賞した、同じ京大の湯川秀樹博士のことだ。太平洋戦争に敗れて、日本人がみんなしょぼくれていたとき、このニュースはどんなに私たちを元気づけてくれたことだろう。テレビの記者会見で見る山中博士の風貌はどこか湯川博士の若い頃の写真に似ていて、静かな禅僧のように見えた。しかも、その話しぶりには、品のいいユーモアが感じられるのがよかった。

iPS細胞の詳細はよく分からないながら、医療や新薬開発に大きな可能性が予感されて、うれしくなって一首作った。ノーベル賞受賞をたたえるだけでは面白くない。思いをめぐらせているうちに、ふと、「西遊記」の孫悟空を思いついた。iPS細胞とは、孫悟空が自分の毛を引き抜いてフウと息を吹きかけると、無数の小悟空が出現する「身外身の法」ではないか。

神秘ノ細胞　可憐《かれん》ナイノチ　カノ孫悟空モ　ビックリノ技

ジヤマナカ三蔵法師ノ微笑　水ニウツッタ月ノヨウ

● 第5回　平成25年2月3日

悼丸谷才一先生

丸谷才一先生を悼《いた》む

博学奇才意豁然
風流三昧筆如椽
文宗最愛湾星隊
金港薔薇捧墓前

博学奇才　意豁然《かつぜん》たり（気持ちは広々、からっと）
風流三昧　筆椽《てん》の如し（立派な詩文）
文宗（先生）最も愛す湾星隊《ベイスターズ》
金港（横浜）の薔薇《ばら》　墓前に捧《ささ》げん

昨年（平成24年）10月に亡くなられた作家の丸谷才一さんは、小説、エッセー、文明批評、俳句…何でもござれの〝百科全書派〟文士だった。文壇三大音声の一人、生活を楽しむ陽気なホモ・ルーデンス（遊ぶ人）でもあった。3年前の12月中旬、丸谷さんから電話があった。食通で鳴らした丸谷邸には、毎年、大阪の辻調理専門学校から立派なおせちが届く。それを囲んでのホームパーティーのお誘いだ。「今年のテーマは野球にしました。野球好きのOB編集者をあなたを含めて3人、それに元西鉄ライオンズの豊田泰光さんを加えて、5人でやりましょう」

喜んで参加させていただきます、と言うと、「一つお願いがあります。他の2人に甘いものとおこわを持参するように頼みます。君は花を持ってきてくれませんか」。

お安いご用、と思ったが、さて、どんな花を選べばいいのか。ふと、丸谷さんは熱烈なベイスターズファンであることを思い出した。1960年、三原脩監督率いる大洋ホエールズが奇跡の日本一になって以来の、筋金入りのファンだ。とくに〝天秤《てんびん》打法〟の近藤和彦選手がごひいきだった。よし、横浜の「市の花」を持参しよう。市役所に聞くと、それはバラだった。大正12年の関東大震災のとき、米国シアトル市からお見舞いとしてたくさん届けられたのだという。丸谷さんは大層喜んでくれたが、ベイスターズの話は弾まなかった。最下位が定位置になってしまった。「弱すぎるのは球団のフロントに問題ありだな」と一言。

次海江田万里先生瑤韻

海江田万里先生の瑤韻《よういん》（いい詩）に次す

扶桑天晦朔風鳴
東北深憂興未成
南海近来多外患
済民経世恃先生

扶桑（日本）天晦《くら》く朔風《さくふう》（北風）鳴る
東北の深憂　興（復興）未だ成らず
南海近来　外患（尖閣列島問題）多し
済民経世（国民生活の安定）　先生に恃《たの》まん（頼む）

大みそかに民主党代表の海江田万里さんから手紙をいただいた。中に別紙に毛筆で七言絶句が一首。

臘月扶桑戦鼓鳴　寒天寡助計無成
将軍功尽万兵斃　粉骨砕身全此生

意味するところは、「12月の日本に戦い（総選挙）の太鼓が鳴り響く。寒空に助けは少なく、はかりごとも成功せず。将軍（野田前首相）は功尽き、多くの同志が落選した。代表に選ばれた私は、粉骨砕身、命のかぎり党のために尽くそう」――という決意表明と読めた。

多分、海江田さんは国会議員の中で唯一人漢詩が作れる人である。2年前、その手になる東日本大震災の漢詩が、ある新聞で紹介された。全日本漢詩連盟の会報（年4回発行）の取材編集も担当している私はすぐインタビューを申し込み、2時間ほど話を伺った。「今、中国の政治家の中では、江沢民さんが上手ですね」などと話され、面白かった。

田中角栄さんが日中国交回復時、周恩来首相に漢詩を贈ったが、これは平仄《ひょうそく》、押韻のルールを無視した規格外の作品だった。昔は西郷隆盛、伊藤博文、乃木希典など、政治家も軍人も立派な漢詩を残したが、英語万能時代の今、漢詩が作れる政治家は皆無、海江田さんが孤塁を守っている感じだ。

私はすぐ次韻（人の詩の韻をそのまま使って作詩すること）して返事を書いた（掲出詩）。ぜひ国会議員の中に格調高い漢詩愛好会をつくっていただきたい、と書き添えた。

●第7回　平成25年4月7日

贈大魔神佐々木主浩投手

大魔神佐々木主浩投手に贈る

懸河百尺秘球人
躍動身軀真絶倫
緬想横浜優勝日
熱狂民祀大魔神

懸河百尺（落差の大きい）秘球（フォークボール）の人
躍動する身軀《からだ》は真に絶倫
緬《はる》かに想う横浜優勝の日
熱狂の民は祀《まつ》る大魔神

すっかり春の陽気になった日、横浜都市発展記念館で「ベースボール・シティ横浜―ハマと野球の昭和史」展を、横浜開港資料館で「スポーツがやってきた！　近代横浜スポーツ史」展を見た。150年前、開国して異文化流入の窓口になった横浜が、日本における近代スポーツのナビゲーターの役割を果たしたのも当然だろう。日本最初の野球の試合は横浜で明治4年に行われた。戦前、ベーブ・ルースやルー・ゲーリッグも横浜の地を踏んだ。中学・高校野球、都市対抗野球で神奈川のチームは何度も優勝し、プロ野球でも2回、日本一に輝いた。横浜は間違いなく、野球王国である。

低迷が続くベイスターズだが、展覧会場で数々の写真、ユニホーム、カップ、ペナント……などを見ていると、1998年の優勝時の興奮が鮮やかによみがえってくる。何よりも横浜駅前に出現した「ハマの大魔神社」の守護神・佐々木主浩《かずひろ》投手が忘れられない。谷繁捕手のミットめがけて、ものすごい落差のフォークボールを投げ込み、打者を次々に三振で仕留めた。絶対的な抑えの切り札にいつしか大魔神というニックネームがつけられた。

「魔神」を漢和辞典で引くと「人に災いを与える悪魔の神」とあるが、相手打者にとってまさにそのような存在だった、と解釈しておけばよかろう。今、三浦投手の「ハマの番長」だけでは寂しい。もっとニックネームがつくほどの選手がどんどん出てきてほしい。漢詩の達人に「雅《が》がない。単なる説明です」と言われそうな詩だが、「大魔神」という言葉を残したくて作ってみた。

●第8回　平成25年5月5日

憶中山清先生

中山清先生を憶《おも》う

博学多才前半生
近年金港盛詩名
春風駘蕩平生態
耳底猶留温雅声

博学多才　前半生
近年金港（神奈川）　詩名盛んなり
春風駘蕩《たいとう》　平生（ふだん）の態（すがた）
耳底猶《なお》留む　温雅の声

先ごろ、漢詩仲間で合同漢詩集「濱盟鶏肋《ひんめいけいろく》」第7集を出した。カルチャーセンターの漢詩実作講座（窪寺貫道先生）に学ぶ26人による各10首。2年に1回のペースだったが、ずっと編集の中心だった中山清さん（前神奈川県漢詩連盟会長）が2年前に亡くなられたこともあって、3年ぶりの発行になった。誌名は中山さんの命名で、〝濱盟〟とは横浜の詩の仲間。〝鶏肋〟とは鶏のあばら肉、食べるほどの肉はないが、捨てるには惜しいもの、というほどの意味である。いかにも謙虚な中山さんらしい。

中山さんは、醸造学・アミノ酸の研究で日本学士院賞を受けた化学者だった。定年退職後に漢詩に出合い、84歳で亡くなるまで一筋に打ち込み「つくってわかる漢詩の味」という入門書も残した。この本の後半、第2部に「葦舟棹声集《いしゅうとうせいしゅう》」として自作の漢詩60首を収めた（葦舟は中山さんの雅号）。中でも私が好きなのは「蟹《かに》」という、品のいいユーモアの感じられる七言絶句だ。

張目裝鍪如勁兵　鋏刀八脚只横行
長卿解否歐蘭字　口角飛泡不作声

〈張目装鍪《そうぼう》（かぶと）勁兵《けいへい》（強い兵士）の如し／鋏刀（はさみ）八脚只《ただ》横行す／長卿《ちょうけい》（カニ様よ）解するや否や欧蘭の字（横文字）／口角泡を飛ばして声を作《な》さず〉

それにしても漢詩の上手な人には、理科系の人が多いような気がする。漢詩が内に秘める強靭《きょうじん》な論理性に、肌が合うのだろうか。

劉暁波氏見授諾貝爾平和賞

劉暁波氏諾貝爾《ノーベル》平和賞を授けらる

囹圄三年一哲賢
猶号民主与人権
聞不吉報却深鎖
禹域丹心万世伝

囹圄《れいぎょ》（牢獄）三年　一哲賢（賢人）
猶《なお》号《さけ》ぶ民主与《と》人権と
聞くやいなや吉報　却って深く鎖《とざ》さる
禹域《ういき》（中国）の丹心（国を思う心）万世に伝わらん

全日本漢詩連盟に中国から立派な詩の雑誌が送られてくる。すべて横組みで中国流の簡体字なので、読みにくい。それでも絶句や律詩が多いので、そのルールを頼りに何とか読める。最近は尖閣あたりが風雲急を告げているせいか、勇ましい詩が増えた。例えば、夏雲浦氏の「従釣魚島想起《ちょうぎょとうよりそうきす》」。「日寇尸魂死未僵／釣魚島上逞瘋狂／石原購島狼心現／佳彦強軍狗胆張／我艦維権掀巨浪／三軍亮剣警東洋／侵華日寇当年夢／休想重来演一場」。昔、中国を侵略した軍国日本魂は生き残って、釣魚島であばれている。石原都知事や野田首相の欲深さ、わが国の軍艦は波をけたてて東洋を守る。軍国主義の夢はもう終わりにしなさい―というほどの意味だ。中国にも血気盛んな愛国詩人がいるのだ。

私の上掲詩は、先年ノーベル平和賞を受けながら、表彰式に出るどころか獄中にとらわれたままの民主人権活動家・劉暁波さんを詠んだ。13億の人口、猛烈なスピードでの経済成長、一党独裁、都市と内陸部の農村との貧富の格差、50余りの少数民族、一人っ子政策の影響…西欧流の国民国家の枠をはみ出る国に、西欧流の民主と人権はそっくりそのままでは当てはまらないかもしれない。加えて、5億人以上がインターネットを使い、3億人以上が微博（ツイッター）を利用しているといわれるから、国境を越える情報、グローバル化する経済の中で、国家のタガをどのように締めていけるのか。それでも習近平政府には民主と人権についての新展開を期待したい。「一衣帯水」という日中間の距離は昔も今も変わりないのだから、何とか波穏やかな海でありたいものだ。

●第10回　平成25年7月7日

憶芸能家小沢昭一氏

芸能家小沢昭一氏を憶《おも》う

巷衢技芸独研尋
更巧弁才兼口琴
一弄滑稽教衆笑
三吹清韻促愁深

巷衢《こうく》（ちまた）の技芸　独り研尋す（究め尋ねる）
更に巧みなり弁才（弁論の才能）兼《と》口琴（ハーモニカ）と
一たび弄すれば滑稽　衆（人々）をして笑わしむ
三たび吹けば清韻（爽やかな音色）愁いを促すこと深し

昨年（平成24年）12月に亡くなった俳優・小沢昭一さんの講演旅行に随行したことがある。20年ほど前のことだ。舞台でもラジオのトークでも、小沢さんの話芸は定評のあるところだったが、講演もまた絶品。講演というより濃密な一人芝居を見ているようだった。小沢さんは「変哲」という雅号を持つ俳人でもあった。「落第や吹かせておけよ　ハーモニカ」という一句がある。講演の小道具はこのハーモニカで、絶妙な語り口と哀切なハーモニカの音色がみごとにマッチして聴衆はうっとりする。

「私は少年のころ、浅草の寄席によく出入りしましたが、そこに尺八の名人がいまして、それを聴くのが一番の楽しみでした」と話し始める。ところがある日、名人は喉頭がんで入院手術したとかで、舞台から姿を消してしまった。小沢少年はがっかりして、寄席から足が遠のいたが、数年後、寄席の看板に再び名人の名前を見つけた。小躍りして中に入った。

喉に包帯を巻いた名人は登場すると、10本ほど尺八を入れた黒いバッグを傍らに置き、ゆっくり1本を取り出し、絹布で丁寧に時間をかけて磨く。磨き終えると別の1本を抜き出して、同じように磨いていく。やっと10本磨き終わった。いよいよ演奏が始まる、と客席の期待が高まったところで名人は深々とお辞儀をして舞台の袖に引っ込んだ。と話してから小沢さんはやおら背広の内ポケットからハーモニカを取り出し、絹布で磨き始めた。聴衆はドッと沸く。

「このまま引っ込めば名人ですが、私は名人ではないのでやります」とハーモニカを吹き始めた。

●第11回　平成25年8月4日

観三浦弘行八段与電脳対局有感

三浦弘行八段と電脳の対局を観て感有り

春日閑敲一局棋
精思默默闘知時
却驚電脳縦横技
才俊輸籌尚妙姿

春日閑《しず》かに敲《たた》く一局の棋
精思默々　知を闘わす時
却《かえ》って驚く　電脳（コンピューター）縦横の技
才俊（俊英）輸籌《ゆちゅう》（敗れる）すれども尚《なお》妙姿

今春（平成25年）、第2回将棋電王戦の最終戦でA級棋士・三浦弘行八段がコンピューター「GPS将棋」（東大の研究者有志が開発）に敗れた。「GPS将棋」は約680台のパソコンと接続し、1秒間に2億を超す手を読むことができる高性能をもつという。4年前、第19回世界コンピュータ将棋選手権で優勝したこともある実力派だ。私はこのニュースを知ったとき、強い違和感を覚えた。三浦八段が敗れたからではない。以前、故・米長邦雄永世棋聖がコンピューターに敗れている。そのとき米長さんは現役を引退しており、今回の対局とは意味合いが違う。しかし、三浦八段はA級2位の現役棋士である。なぜコンピューターと対局するのか。膨大な過去の棋譜を記憶し、解析、応用するコンピューターは、究極の勝利至上主義である。勝利以外はゼロ。

盤をはさむ人間同士の対局には、勝者にも敗者にも何かしら風情がある。羽生善治3冠の細く長い指がしなるように駒を盤上にピシリと置くとき、指先にも魂が宿っているのではないか、と思わせる風情がある。今やコンピューターは資本主義という大欲の文明の根幹となるシステムである。国民総背番号制だって、コンピューターなしには考えられない。せめて将棋の世界では勝ち負けとは別に「桃花流水　杳然《ヨウゼン》トシテ去リ／別ニ天地ノ人間《ジンカン》（世間）ニアラザルアリ」の李白の詩に通じるような対局を見たいと思うのは、私だけだろうか。喜怒哀楽、生老病死と無縁のコンピューターと、生身の現役棋士には対局してほしくない。

第12回　平成25年9月1日

擬酒井謙太郎雅兄瑶韻

酒井謙太郎雅兄の瑶韻に擬す（ならう）

祇園傾国晩粧妍
柳緑花紅映鴨川
騒客狭斜孤酔寐
潜聞枕下水潺潺

祇園の傾国（美女）晩粧（夕方の化粧）妍《けん》なり（美しい）
柳は緑　花は紅　鴨川に映ず
騒客（詩人）狭斜（花柳街）に孤酔して寐《ね》る
潜《ひそ》かに聞く　枕下　水潺潺《せんせん》（流れる音）

作詩教室の仲間、90歳の酒井謙太郎さんがサラリと、でも艶《つや》っぽい五言絶句を作って、確かな腕前を見せてくれた。「吉井勇歌意試作五絶」というタイトルから分かるように、あの有名な「かにかくに祇園《ぎおん》は恋し寝《ね》るときも枕の下を水のながるる」という、歌人吉井勇の絶唱を漢詩訳したものだ。

其奈多情緒　それ情緒多きをいかんせん
祇園正可憐　祇園まさに憐れむべし
枕頭猶聴得　枕頭猶《な》お聴き得たり
狭巷水潺潺　狭巷（花柳街）水潺潺《せんせん》

私は大学時代の4年間、昭和30年代の前半を京都で過ごしたが、祇園は貧乏学生にとっては高根の花、授業中に某教授から「昔は出世払いという風習が生きていて、学生でも遊べたけどねぇ」と気の毒がられた。そんなとき吉井勇「祇園歌集」を知った。「加茂川に夕立すなり寝て聴けば雨も鼓を打つかとぞ思ふ」など一連の短歌はとろりと甘いゼリー状になって、スルリスルリと胸に滑り落ちた。

酒井さんは80歳から漢詩を習い始め、10年でメキメキ腕を上げ、昨年「素庵閒情集」という立派な漢詩集を出された。漢詩文の素養があり、詩的センスも抜群、みんな舌を巻いた。元気に学んで遊ぶスタイルを身につけた高齢アマチュア詩人を間近に見ていると、スーパー高齢社会も何とかなりそうな気がする。敬老の日は「楽老（老いを楽しむ）の日」でもある。

第13回　平成25年10月6日

徳国与松本清張先生同取材旅行

徳国《ドイツ》に松本清張先生とともに取材旅行をす

急坂喘登如上霄
文宗使我進推腰
蕪荒遺跡無人訪
唯望葡萄圃野遥

急坂喘《あえ》ぎ登るは霄《そら》に上るがごとし
文宗（作家）我をして腰を推し進めしむ
蕪荒（荒れ果てた）の遺跡　人の訪《と》う無く
唯《ただ》望む葡萄《ぶどう》の田圃　遥かなるを

松本清張さんの海外取材旅行に2度随行した。2回目は1989年、短編連作「草の径」の舞台となるアイルランド、オランダ、オーストリアと回り、最後が西ドイツ（当時）という2週間ほどの旅だった。80歳の清張さんは昼間取材したことを、夜遅くまで大学ノートに丹念に書き込んだ。旅も終わり近くなると連日の精力的な取材の疲れが出て、夕方になると機嫌が悪くなる。西ドイツでは田舎の小さな村の外れにある小高い丘の上の遺跡を見ることになっていた。そこは夭逝《ようせい》した日本人考古学者の研究舞台であった。しかし、遺跡までは急な坂道を上らなければならない。疲れがたまるとまた癇癪《かんしゃく》玉が破裂しそうだ。

「私が上って遺跡の写真をたくさん撮ってきますから、先生は下で休んでいてください」「君に何が分かるか！　自分の目で見なければダメなんだ。丘の上まで私の腰を押してくれ！」

そんな記憶をもとに、後年作ったのが上掲詩である。実は大正天皇に「布引の瀑《たき》を観る」という漢詩がある。「登坂宜《よろ》しく且《しばら》く山樵《さんしょう》に学ぶべし／吾《われ》時に戯れに老臣の腰を推す／老臣柿を啖《くら》いて纔《わずか》に渇《かわき》を医《いや》し／更に危磴《きとう》に上るは霄《そら》に上るが如し／…」という6行詩を思い出し、まねた。「如上霄」はそっくり借用させていただいた。詩の中の「老臣」は漢詩の先生・三島中洲（二松学舎大学の創立者）。師弟の心温まる交歓の図、といったところだ。ちなみに大正天皇は1367首の漢詩を残され、歴代天皇の中で断トツ1位。2位は97首の後光明天皇（江戸初期）。

神奈川近代文学館

神奈川近代文学館

百花丘上毎回新
霧笛橋辺涼可親
金港雅茵鷗鷺集
琢磨何日放詩神

百花の丘上　毎回（いつも）新たなり
霧笛橋辺　涼《りょう》親しむべし
金港（横浜）の雅茵《がいん》（風流の教場）　鷗鷺（詩の仲間）集う
琢磨（努力して）何れの日にか詩神（詩心）を　放《ほしいまま》にせん

毎年4月、神奈川県漢詩連盟（神漢連）は漢詩作りの初心者入門講座を開く。神奈川新聞をはじめ在京紙の地域版に募集要項を載せてもらうと、いつも30～40人集まる。3ヵ月で6回の講座を開き、先輩が交代で作詩入門を手ほどきする。後半は「七言」を1句作ってもらい、2～3人の小グループに分かれ、助言者1人がついて手取り足取りの授業となる。神漢連流寺子屋方式である。秋に卒業制作1首を提出し、皆で侃侃諤諤《かんかんがくがく》、批評しあう。その後は漢詩サークルを結成し勉強会を続ける。こうしてこの6年間に金星会、三水会、好文会、詩游会、五友会、以文会ができた。ここに集まった人たちが、今、神漢連活動の中核だ。

これらの講座や総会、研修会などは、いつも横浜・山手の「港の見える丘公園」にある神奈川近代文学館のホールや会議室を借りて開く。私たちにとって、いわばホームグラウンドだ。公園はいつ行ってもバラをメインにさまざまな美しい花が咲き乱れている。花々の間の道を文学館に向かうと、そのすぐ手前に「霧笛橋」という、いかにも横浜に似合いの名前の橋がある。海からの風が涼しい。いしだあゆみ「ブルー・ライト・ヨコハマ」、淡谷のり子「別れのブルース」は横浜の夜景を美しく歌い上げるが、丘の上から見る昼間の港の景色も悪くない。開港から150年以上を経た横浜港を眼下に望む公園は、どこまでも明るく、人を開放的な気分にしてくれる。なかなか上達しない漢詩学習の鬱屈《うっくつ》をサッと吹き払ってくれる風景なのである。

第15回　平成25年12月1日

寄白井健三選手新技

白井健三選手の新技に寄す

瘦軀微顫眼光新
如鳥翻身技入神
忽爾名来負其姓
凜然年少正麒麟

瘦軀《そうく》微《かす》かに顫《ふる》え眼光新たなり
鳥の如く身を翻《ひるがえ》す　技神《しん》に入る（絶妙）
忽爾《こつじ》（たちまち）名づけ来るは其の姓に負う
凜然《りんぜん》たる（りりしい）年少　正に麒麟《きりん》（英傑）

11月10日の本紙「神奈川歌壇」で次点に選ばれた「新技とふ『シライ』の写真逆さにし見れば不思議のない飛び姿」（岩崎みづほ）を読み、なるほどこんな見方もあるのか、と感心した。ベルギーで行われた体操の世界選手権男子種目別床運動で、横浜・岸根高の白井健三選手が「後方伸身宙返り4回ひねり」という信じられないような離れ技を披露。それに国際体操連盟が「シライ」と命名した。子どもの頃からトランポリンで遊び、鍛えた回転技だというが、17歳で世界初の新技を完成させた若い才能にはただただ恐れ入る。軽々と自由自在、空中に浮遊する青春がまぶしい。

一方で、82歳の俳優、高倉健さんが文化勲章を受章した。高倉さんの映画は、仁侠《にんきょう》の世界から小市民の世界へと舵《かじ》を切りかえたようだが、その存在感はますます強まった。映画「あなたへ」で見せた寡黙な男の演技にシビレ、次の漢詩を作った。

「電影五旬猶不休／古風木訥似閑遊／賞牌贏得無驕色／八秩伶優有暗愁」（映画に50年なお休まず／古風で木訥《ぼくとつ》しずかに遊ぶがごとし／賞をかちえて驕《おご》る色なく／80歳の俳優にひそかなる愁いを見る）

自己実現、自己表現、自己主張…と冗舌にまくしたてるをよしとする風潮の中で、寡黙な存在感を見せてくれる高倉さんは、古風だが頼もしい。寡黙の価値の再発見だ。

今は流行《はや》らなくなったが、中国の毛沢東はかつて「建国には老壮青の3結合が必要」と説いた。スーパー少子高齢社会の日本は、さらに少年を加えた固い4結合が必要ではないか。

● 第16回　平成26年1月5日

湘南海岸見箱根駅伝与滑瀾

湘南海岸に箱根駅伝と滑瀾《サーフィン》を見る

雪峰映海此迎新
走路人兼滑瀾人
世上躁狂都似夢
乗風奔放楽青春

雪峰（冠雪の富士山）海に映じ　此《ここ》に新（新年）を迎える
路を走る人と瀾《なみ》を滑る人（サーファー）と
世上の躁狂（うるさいこと）都《すべ》て夢の似《ごと》し
風に乗り奔放（思うがまま）青春を楽しまん

東京オリンピックの年（1964年）にできた藤沢の辻堂団地に入居して以来、2回転居はしたが、ずっと湘南の地に住んでいる。私が育ったのは、鳥取県東部の中国山地。杉とヒノキの町だった。冬は雨と雪の日が多く、「弁当を忘れても傘は忘れるな」と言われた。鳥取市の高校までは1時間の汽車通学だったが、雪が降った夜に最終列車に乗ると、急坂の線路が凍り付き、車輪が滑って上りきれない。前進後退を2、3回繰り返してやっと線路の氷が解け、坂を越えることができた。

そんな冬が当たり前だったから、1月でも燦々《さんさん》と日が照り、窓を閉めれば暖房なしでもうっすら汗をかく温暖な気候に驚き、それが本当にありがたいことに思えた。正月三が日を過ぎて、妻が布団を干す光景を「日暖風和豈苟安／家人喜悦褥衾乾／多敲恰似払煩悩／正是新春一日歓」（日は暖かく風は和らぎ豈《あ》に苟安《こうあん》（安らか）ならんや／家人は喜悦して褥衾《じょくきん》（布団）を乾《かわか》す／多く敲《たた》くは恰《あたか》も煩悩を払うに似たり／正《まさ》に是《こ》れ新春一日の歓《よろこ》び）と詠んだことがある。

さて、正月恒例のスポーツといえば箱根駅伝だ。自宅近くの国道134号が往路3区と復路8区なので、50年間ほぼ欠かさず、歩いて応援に行く。今は亡き早大競走部の中村清監督がサイドカーに乗って「都の西北」を歌いながらランナーを励ましていた姿が忘れられない。若者が次々に素晴らしいスピードで目の前を風のように駆け抜けていく。そのすぐ近くの海では、たくさんのサーファーたちが波乗りを楽しんでいる。前方に富士山を見、走る人と波乗りの人、これが湘南の正月風景である。

●第17回　平成26年2月2日

寄女子冰球隊微笑日本守門員

女子冰球隊微笑日本守門員《アイスホッケーチームスマイルジャパンゴールキーパー》に寄す

把棍撥球冰上雄
威風装甲守門躬
敵鋒孤制仁王態
面具徐除顕女童

棍（スティック）を把《と》り球を撥《はじ》き氷上に雄たり
威風の装甲（よろいのような防具）守門の躬《み》（ゴールキーパー）
敵鋒（敵の攻撃）孤《ひと》り制す仁王の態
面具（マスク）を徐《おもむ》ろに除けば女童顕わる

いよいよ7日からソチ冬季五輪が始まる。オリンピックになると、思わず知らず愛国主義者になってしまうのが、われながら不思議だ。フィギュアスケートの浅田真央、ジャンプの高梨沙羅の金メダルチャレンジは楽しみだが、私がいちばん応援したいと思っているのは、女子アイスホッケーの「スマイルジャパン」である。彼女たちは昼間アルバイトで生活費や遠征費を稼ぎ、夜間激しい練習をして五輪出場権を得た。最近やっと日本オリンピック委員会のトップアスリート就職支援制度の効果がでてきたそうだが、チームとしてのやりくりの厳しさに変わりないだろう。それでも氷上の格闘技、アイスホッケーに打ち込んでいる姿を見ると「アマチュアスポーツの真価ここにあり」と応援したくなる。１９７４年に五輪憲章からアマチュア規定が消えて以来、アマチュアはプロの予備軍としか見られなくなった。「プロ万能」志向の行き着くところ、拝金主義の風潮とドーピングが蔓延《まんえん》した。スマイルジャパンの出現は「家貧しくてスポーツ界の孝子《こうし》出づ」、一服の清涼剤を味わう感じだ。

私は男子アイスホッケーの試合を一度だけ生で見たことがある。かたいパックをスティックで叩《たた》く乾いた音、スケート靴のエッジが氷を刻む音、敵味方の体が激しくぶつかり、そのままフェンスに激突する音……あの恐ろしい音を思い出すと、よくぞ女子がやるものだとあきれ、熱烈なファンになった。攻防たちまち入れ替わるスピード感が最大の魅力だが、私はゴールの前でものものしい防具を着けて仁王様のように立ちはだかり、雨あられと放たれるシュートを防ぐゴールキーパーがひいきだ。

● 第18回　平成26年3月2日

東日本大震災小景

東日本大震災小景

海辺荒土幾牛馳
空浴春風食草姿
原子妖氛籠一帯
牧人不見去何之

海辺の荒土　幾牛か馳《は》す
空《むな》しく春風を浴びて草を食す姿
原子の妖氛《ようふん》（放射能）一帯に籠《こ》む
牧人（飼い主）は見えず　去りて何《いず》くにか之《ゆ》く

2011年3月11日午後2時46分、巨大地震と、続いて大津波が東日本を襲った。私はそのとき横浜の港の見える丘公園にある神奈川近代文学館にいた。昭和最後の漢詩人といわれる阿藤伯海の「大簡詩草」という詩集の月1回の輪読会をしている最中で、ちょうどその日は私の当番であった。

激しい地震でみんな机にしがみついた。長い揺れにこれはただ事ではないと輪読会は中止、家路を急いだ。うまく流しのタクシーを拾えたが国道1号が大渋滞、横浜から茅ケ崎まで5時間かかってやっと家にたどり着いた。テレビで見る想像を絶する黒い津波の塊が街並みを呑《の》み、押し流していくさまにただただ茫然《ぼうぜん》とした。

海嘯襲来狂乱声　街衢消滅一望平
家漂車覆船航陸　索子探親千万情

〈海嘯《かいしょう》（津波）襲来し狂乱の声／街衢《がいく》（街並み）消滅して一望平らかなり／家は漂い車は覆り船は陸を航《ゆ》く／子を索《もと》め親を探す千万の情〉

それに追い打ちをかけたのが東電福島第1原発の大事故であった。日本地震列島に50を超す原発を造るのを、うかうかと許してきたのだ。人類で初めて原爆を被災した日本人であったために、原子力の平和利用といううたい文句に、私たちは考えもなくのせられたように思う。

大震災の1年後、テレビは無人の街を動き回る牛の群れを映していた。これも哀切な風景だった。

●第19回　平成26年4月6日

車中偶成

車中偶成

電脳当今僭恣頻
版行危殆是何因
車中惟見手機弄
看報読書真足珍

電脳《でんのう》（パソコン）当今　僭恣《せんし》（わがまま）頻《しき》りなり
版行（出版）の危殆《きたい》（危機）是《こ》れ何の因ぞ
車中惟《ただ》見る　手機（携帯電話）を弄するを
報（新聞）を看《み》　書を読むは真に珍とするに足る

電車に乗るとすぐに車内を見回す。何人ぐらいが携帯電話やスマートフォンを使っているのかを数えるのがクセになった。多いな、とついため息をついてしまう。比べて、本を読んでいる人はごくわずかだ。この間も出版社の後輩と話したら「スマホが普及定着してきたここ2、3年で、本の売れ行きがさらに悪くなりました」とつらそうな顔をされた。出版の危機はこれまでも何度か叫ばれてきた。テレビの出現で「活字離れ」が心配されたが、テレビと本とは何とか共存できた。1995年にウィンドウズ95が発売され、インターネットという怪物的情報・通信ツールが社会を席巻した。特に情報に空恐ろしいほど双方向性という機能が拡大され、情報の発信受信のスタイルが一変した。手のひらに収まるスマホの登場で事態は一段と進んだ。紙メディアは今や情報の荒野の片隅に、次第に追い込まれていく感じだ。

確かに本はかさばり、重い。単語検索も容易ではない。3月12日の本紙文化面では「辞書市場開拓へ試行錯誤／新語次々、電子も積極策」という見出しが目を引いた。ここでは「電子化のあおりを早くから受けている辞書の世界」をリポートし、紙と電子との平和的共存もありうるとの希望的観測でまとめられているのだが…。

小学校の授業がｉＰａｄのような電子板一枚で事足りて、紙の教科書を入れるランドセルが消えるときが、紙メディアの最大の危機だろう。

●第20回　平成26年5月4日

観宮崎進展有感

四年囚獄死生封
鬼哭啾啾怒髪衝
氷雪極光寒餒景
画師刻得断魂容

宮崎進展を観《み》て感有り

四年囚獄（囚《とら》われ人）死生を封ず
鬼哭《きこく》啾《しゅう》啾《しゅう》怒髪衝《つ》く
氷雪《ひょうせつ》極光　寒餒《かんだい》（飢え）の景
画師刻し得たり断魂の容

4月のある晴れた日、葉山の神奈川県立近代美術館へ出かけた。司馬光の「四月清和雨たちまち晴れ　南山戸に当たって転《うた》た分明なり」という詩を思わせる気持ちのいい日だった。「立ちのぼる生命《いのち》　宮崎進《しん》展」を見るためだ。現在92歳の宮崎画伯は病気療養中だが、生涯のテーマ「シベリア抑留」の絵と彫刻、オブジェの数々の作品が、静かな会場に並ぶ。20年ほど前、宮崎さんの画集作りに少し関わったことがあり、以来、その作品から目が離せなくなった。宮崎さんは1942（昭和17）年に召集されて大陸へ渡り、終戦と同時にシベリアに抑留された。過酷な強制収容所生活のあと、49年に帰国した。抑留された日本人は一説には約65万人。極寒、飢餓、重労働の三重苦の中で、6万人余りが死亡したといわれる。日本民族として、あまりにつらい外国異文化体験である。

画家として宮崎さんにも容易に扱いかねる重い体験だったに違いない。噴出するように作品化され始めたのは、長い時間を経た平成になってからだ。その作品の前に立つと、きれいに描かれた絵ではなく、ドンゴロス（粗い麻布）を貼り、重ね、絵の具を塗りつけた荒々しい作風だ。まるで剥《む》き出しの魂がゴロンと投げ出されていて、見る者の魂に激しく呼びかけてくるようだ。目で見るというより、五臓六腑《ろっぷ》で見る感じだ。無一物中無尽蔵、裸の魂の豊かさとでも言おうか。

今、憲法第9条が揺らいでいる。尖閣諸島、北方領土、従軍慰安婦、はてはウクライナの民族問題。それは単なる政治問題ではない。生命の根っこから考えよ、と宮崎作品は呼びかけているようだ。

第21回　平成26年6月1日

四月一日

四月一日

一寒一暖問無由
二月雪堆花未稠
三月桜桃春色動
百分八税但生憂

一寒一暖　問うに由《よし》無し
二月雪　堆《うずたか》く花未《いま》だ稠《しげ》からず
三月桜桃　春色動く
百分の八税　但《た》だ憂いを生ず

4月1日から消費税が5%から8%に上がった。5月4日の本紙俳壇・柳壇で早速それに関する投稿作品が掲載された。「木瓜の花二円切手の貼り忘れ」「増税が金欠病を不治にする」「負担増庶民はいつも砂を噛む」…。確かに増税はフトコロに響くが、スーパー少子高齢単身者社会の行く末を想像すると、我慢するしかないのかな、とも思う。われわれは徴兵制の兵役経験もなく、岸壁の母や戦争未亡人をつくらずに戦後を幸福に過ごすことができた。増税は何とか痩せ我慢でやりすごそうか。

超高齢社会の重荷が識者から指摘される。お金がいくらあっても足りない医療や年金問題解決の妙案は浮かんでこないが、せめてホモ・ファーベル（働く人）からホモ・ルーデンス（遊ぶ人）へと高齢者がライフスタイルを変えるように生きられないか。遊ぶことで社会的浮力をつけて、少しでも社会の重荷感を減らせないだろうか。神奈川県漢詩連盟では「漢詩で遊ぶ」をモットーに吟行会、研修会、鑑賞会、輪読会、さらには「バトル漢詩甲子園」という闘詩イベントを設けて、仲間が集まる「共遊び」の場をいくつもこしらえている。「みんなで遊べば怖くない」状況を、漢詩の世界でつくってみたい。本気でみんなで遊ぶにはまず「一人遊び」の工夫もいる。上掲詩は消費税をまともに嘆くのではなくて、遊びの詩にしてみたいと思って作った。一、一、二、三、百、八と数字を並べ、題にも四と一を入れて数字づくしにしてみた。一寒一暖は許されても、本来なら二月、三月は「同字不可」のルールに反するのだが、今回は遊び心優先で、あえて禁を犯した。

蚊

蚊《か》

飛来倏忽止膚頻
吮血遁逃猶候人
中断読書将撲処
何辺巧隠小鳴身

飛び来たり倏忽《しゅうこつ》として　膚《ふ》に止まること頻《しき》りなり
血を吮《す》い遁逃《とんとう》して猶《な》お人を候《うかが》う
読書を中断して将《まさ》に撲《う》たんとする処
何《いず》れの辺りにか巧みに隠れ小鳴する身

夏の夜、といえば蚊がつきものだ。どこからか現れてチクリと刺す。かゆい！　と叩《たた》いても、サッと身をかわして逃げる小憎らしいやつだ。とても夏の風物詩とは言えない存在だが、それでも夏目漱石の「叩かれて昼の蚊を吐く木魚かな」などという俳句を読めば、ある種の詩情を感じるから、さすが漱石先生である。

田舎で育った私は子どもの頃、夜は6畳間に吊った蚊帳の中で弟妹4人とともに寝ていたように思う。夜、弟たちと近くの川辺に蛍狩りに行き、何匹か捕まえて持ち帰り、寝るときに蚊帳の中に放したものだ。消灯した後の蛍は青い蚊帳にとまって、一晩中明滅した。「茅廬《ぼうろ》（田舎家）の苦熱　眠りに就くこと遅し／蚊帳微かに揺れて輾転《てんてん》（寝苦しい）の時／暗裡蛍を放つは深夜の楽しみ／星の如く点々　風姿を愛す」――。当時の景を詠んだ、5年ほど前の作品だ。

１９４５（昭和20）年、国民学校3年生だった私は、4歳の弟を連れてよく川遊びをした。一緒に泳いだり、水鏡と簎《やす》を持って浅瀬に隠れている小魚を突いたりした。なぜか河原に桑の木が数本あり、水からあがってよく桑の実を食べ、口の周りを紫色にしたものだ。その弟が、ある日突然高熱を発した。すぐに母が近くの医院に連れて行ったが、その頃には何もかも物資不足で薬もなかった。ただタオルをぬらして額を冷やすだけで手の施しようがなかった。あと2週間で終戦という7月31日に亡くなった。お菓子などなく、弟が食べた甘い物といえばカボチャと桑の実ぐらいだった。

月山

月山《がっさん》

攀来険径立山巓
残雪碧苔霊気纏
追慕蕉翁巡歴跡
白雲纔動洗襟辺

険径《けんけい》（険しい道）を攀《よ》じ来たり山巓《さんてん》（頂上）に立つ
残雪碧苔霊気纏《まと》う
追慕す蕉翁巡歴の跡
白雲纔《わず》かに動き襟辺《きんぺん》を洗う

23年前の8月初旬、海抜1984mの月山《がっさん》に登った。出版社に勤め、ある食品メーカーの広告企画「ぶらり日本野菜旅」シリーズ担当だった私は、その年は芭蕉の「奥の細道」の行程にある野菜農家を訪ねた。山形県鶴岡市の「だだちゃ豆」を取材した翌朝、駅前から出ているバスで8合目まで行き、あとは小学生の一行について登った。芭蕉は1689年6月、46歳で登っている。「…雲霧山気の中に氷雪を踏みてのぼる事八里、更に日月行道《にちがつぎょうどう》の雲関に入《い》るかとあやしまれ、息絶え身こごえて頂上に臻《いた》れば、日没して月顕《あらわ》る。笹を鋪《し》き篠《しの》を枕として、臥《ふ》して明くるを待つ。日出でて雲消ゆれば湯《ゆ》殿《どの》に下る」と書き、有名な「雲の峰幾つ崩れて月の山」という句を残した。

私も芭蕉にならって湯殿山方面に下ろうとしたのが失敗だった。道標はあるものの他に人影はなく、心細い一人下山となった。湯殿山神社近くの最後の沢は目もくらむような断崖で、手すりのない鉄ばしごが垂直にかかっている。転落も覚悟した下山となった。あらためて芭蕉の健脚に感心した。

芭蕉は、江戸深川から奥州、北陸を通って岐阜大垣まで、約300里の長旅の要所要所でその土地の俳句愛好者と句会を開いている。各地の人的ネットワークをたどる宗匠は、強い足腰と、人の話がよく聞ける大きな耳を持ったオルガナイザーだったのではないか。1年の半分以上、全国津々浦々を歩いて古老の話を聞き出し、名著「忘れられた日本人」(岩波文庫)などを世に出した、旅の達人で民俗学者の宮本常一さんのような人ではなかったか、と思っている。

●第24回　平成26年9月7日

憶岩見隆夫大兄

岩見隆夫大兄を憶《おも》う

本是多情多恨人本是《もとこれ》れ多情多恨（情の深い）人
五旬筆陣絶儔倫五旬《ごじゅん》（五十年）の筆陣《ひつじん》　儔倫《ちゅうりん》（同業）を絶す
談論風発甚憂国談論風発して甚《はなは》だ国を憂う
忙裏時斟気自純忙裏　時に斟《く》めば気自《おのず》から純なり

新聞・テレビ・雑誌で長年活躍した気骨の政治ジャーナリスト、岩見隆夫さんが78歳で亡くなった。京都の大学で私の2年先輩にあたり、一緒に大学新聞を作った仲間だった。当時から談論風発の人、底なしの酒豪で、亡くなる間際まで「毎日晩酌は日本酒5合」と言い、さすが硬骨漢は鉄の肝臓だ、となかばあきれた。岩見さんは「昭和の妖怪 岸信介」など多くの著書を残したが、昨年夏の「敗戦 満州追想」（原書房）が遺著となった。これを読むと１９４５（昭和20）年まで生活した満州（現中国東北部）での体験がジャーナリスト岩見さんの政治的バックボーンになっていることがよく分かる。ところでこの本には、おや、と思う素朴な挿絵が入っている。大連の風物詩の趣があるそれは、87歳の姉・田辺満枝さんの絵筆によるものだ。楽しい少女時代から苦難の敗戦・引き揚げに至るまでの風景スケッチは、リアルでありながらどこかメルヘン風だ。絵は描きためてあったらしく、岩見さんの死後に刊行された姉弟の共著「満州を描《か》いたよ 87才の絵本」（原書房）を雅子夫人から贈られた。淡く彩色された絵は一層楽しく、懐かしく、また悲しみの色もまじる。

私も雑誌編集者時代、シベリア強制収容所の体験記と満州からの引き揚げ体験記を読者から募集したことがある。日本人の異民族体験の記録を少しでも残したかった。それにしても岩見さんはお姉さんに素晴らしい贈り物を残したものだ。厳しい政治評論を書き続けた岩見さんが、世にも珍しい〝姉さん孝行〟をして逝ったことに、なにかほのぼのと心温まるものを感じるのである。

●第25回　平成26年10月5日

限界集落風景

限界集落の風景

秋冷熊猪出没頻
荒煙荒蕪食将貧
平生糧乏徘徊処
白日成群来齧人

秋冷ややかに熊猪　出没すること頻《しき》りなり
荒煙荒蕪　食　将《まさ》に貧《ひん》ならんとすればなり
平生（日頃）糧乏しく徘徊する処《ところ》
白日群れを成し来たりて人を齧《か》む

9月の内閣改造で地方創生担当大臣が新設され、地方活性化や人口減少対策の司令塔となる「まち・ひと・しごと創生本部」が発足した。昭和30年代の高度経済成長期に「出稼ぎ」「集団就職列車」「金の卵」などの言葉が登場し、「地方の過疎化」を経て、いまや「限界集落」「極点社会」という言葉まで聞かれる。2050年には全国市町村の63％で人口が半減し、その3分の1は無居住エリアになる、という恐ろしい推計も国土交通省から出ている。何とかしてバランスのとれた国土のかたちを実現したいものだが、これは至難の業である。いま、自然と人間の関係も、人間そのものも、バランスを失している。わが身を振り返ると、バランスのとれた生き方とはほど遠い。高度成長期を生きて、企業戦士として仕事に打ち込み、他のことは忘れていた。昔、取材先の大分・由布院の温泉旅館の主人から「この地域には古くから一人前の男は仕事、出事《でごと》、家事《いえごと》の三つをバランスよくやるべし、と言われてきた」と聞いた。出事は地域の寄り合いや共同作業、家事は文字通り家庭内の諸事百般である。それは第一次産業の農業社会だからできることで、工業社会やサービス・情報化社会では難しい、という声もあろう。それでもバランスのとれた生き方、バランスのとれた社会のかたちを意識し続けるかどうかで世の中は少し変わっただろうと思う。

バランスのとれたあり方とは孔子のいう「中庸」ということだろう。実はこれが一番難しい。現役時代はできなくても、会社をリタイアしたら自分なりの「中庸」を考えてみる時代だと思う。

●第26回　平成26年11月2日

五十年前四万十川

五十年前の四万十川《しまんとがわ》

両岸荻蘆秋動時
香魚成隊泝洄湄
漁夫把帚碧漣掃
忽跳銀鱗沙渚奇

両岸の荻蘆《てきろ》（おぎやあし）秋動く時
香魚（鮎）隊を成し　泝洄《そかい》（流れをさかのぼる）する湄《び》（みぎわ）
漁夫は帚《ほうき》を把《と》り碧漣《へきれん》（青いさざなみ）を掃《は》く
忽《たちま》ち跳ぶ銀鱗沙渚（砂のなぎさ）奇なり

高知県を流れる全長196キロの四万十川は「日本一の清流」といわれる。川には大水になっても流されないシンプルな沈下橋がたくさんかかっている。欄干がなく一見、殺風景な橋のようだが、周囲の緑豊かな山々と清流が一体になると不思議な風情を醸し出す。30年近く前、県西部の大月町の石の彫刻展を取材した帰り、口屋内という地区の河原に下りた。川に何隻かのカヌーが浮かんでおり、その周りに20人ばかりの子どもたちが見えたからだ。行ってみるとカヌーの名人・野田知佑さんが京都の特別支援学校の子どもたちに、手とり足とりカヌーの漕法を伝授していた。その中によく日焼けした老人が一人交じっていた。確か名前を野村さんといい、もと四万十川の漁師だった。

野田さんと子どもたちがカヌーの練習を始めたので、野村さんとのんびり雑談する時間ができた。

「今よりもっと四万十の水がきれいだった頃、魚がいっぱい捕れた。ウナギ、エビ、カニ、アユもよく捕れた。特に11月、落ちアユの時期は竹ぼうきを持って出て、群れをなして泳ぐアユを掃き飛ばすだけで、すぐバケツいっぱいのアユが捕れた。四万十は私らにとっては冷蔵庫みたいなものでした」

私も子どもの頃、アユ釣りをしたことがあるが、さおの先の糸に毛針をつけ、重りを川底に軽く当てては引き上げる、というおとなしい釣り方だった。それに比べ、竹ぼうきで掃き上げるとは何と素朴で豪快なアユ捕りだろう。近年、四国の川からニホンカワウソが絶滅したり、昨年（平成25年）8月には四万十市が日本最高気温41・0度を記録したり、自然界の異変が気になる。

●第27回　平成27年1月4日

神無月千家国麿氏与高円宮典子女王成婚

神無月《かんな》に千家国麿氏与《と》高円宮《たかまどみや》典子女王と成婚

成婚今就両鴛鴦
才媛清容誇麗粧
堪喜出雲神在月
千家華燭菊花香

成婚今就《な》る両鴛鴦（おしどり）
才媛清容　麗粧を誇る
喜ぶに堪えたり出雲神在月《いずもかみありづき》
千家（多くの家々）の華燭　菊花香る

昨年は島根県の大当たりの年だった。

松江市出身のプロテニスの錦織圭選手が9月の全米オープンで準優勝、そしてシーズン最後のATPツアー・ファイナルに出場できる8人に残り、準決勝に進んだ。残念ながら優勝したジョコビッチ選手に敗れはしたものの、日本テニスの歴史を塗りかえる大活躍だった。解説の松岡修造さんは、その変幻自在のプレーを見て「スーパーゾーンに入っている」と賛嘆する。スーパーゾーンといえば、出雲大社は縁結びのスーパーゾーンである。とくに10月は日本中の神々が出雲に集まるとされ、出雲だけは「神在月《かみありつき》」、あとの地域は「神無月《かんなづき》」、出雲では特別におめでたい月なのだ。

アマテラスオオミカミを祀《まつ》る伊勢神宮とオオクニヌシノミコトを祀る出雲大社は対極的な性格をもつ代表的な神社。伊勢神宮に深いつながりのある天皇の宮家の典子さんと、出雲大社宮司の御曹司国麿さんが結婚されたのは、〝歴史的事件〟といっていいだろう。お二人は趣味のバードウオッチングがとりもつ縁だった由。七夕をうたう中国の詩には、天の川で隔てられた牽牛《けんぎゅう》・織女をひきあわせるカササギがよくでてくるが、お二人をひきあわせたのはどんな野鳥だったのだろうか。

島根県の隣、鳥取県の因幡《いなば》で私は育ったのだが、「因幡の白兎《しろうさぎ》」の歌をよく歌った。ワニに皮をむかれて赤裸になった白兎を、大黒様（オオクニヌシ）が「きれいな水で身を洗い、ガマの穂綿にくるまれ」と教えて命を救ったという唱歌を、ご結婚のニュースを聞きながら思い出していた。

因州松葉蟹

■ 因州（因幡）の松葉蟹《まつばがに》

天冥雪舞蟹肥時
君子横行鎧甲奇
振鋏飛泡深海閃
佳肴無比尺余姿

天冥《くら》く雪舞い蟹肥《ふと》る時
君子は横行し鎧甲《がいこう》（よろいかぶと）奇なり
鋏《はさみ》を振《ふる》い泡を飛ばして深海に閃めく
佳肴無比　尺余の姿

蟹《かに》といえばすぐ作家の三島由紀夫さんのことを思い出す。同級生だったジャーナリストの田英夫さんから聞いた話だ。「彼は蟹の姿ではなく、横に歩くのを見て怖気《おじけ》をふるってましたね」。30歳からボディービルを始めた元虚弱児があっという間に筋骨隆々、文武両道の達人となってしまった三島さんからは想像もできないことだ。私の郷里鳥取県は今、松葉蟹の最盛期。平井伸治知事が先頭に立って「鳥取県は蟹の水揚げ量日本一の〝蟹取県〟。鳥取県へウエルカニ」とキャンペーン中だ。全国47都道府県の中で唯一、コーヒーのスターバックスの店がないのが鳥取県、と指摘されて平井知事はすかさず「スタバはなくてもスナバ（砂丘）はある！」と切りかえした（その気迫？が通じたのか、今年中にスタバができることになったようだ）。ユーモアのある元気な知事さんだ。

鳥取にはサッカーJリーグ3部の「ガイナーレ鳥取」がある。いずこも同じ資金不足で選手集めもままならず、チーム強化で苦労しているようだが、先日、選手からチーム経営にまわった〝野人〟岡野雅行さんが資金集めのために松葉蟹とハタハタの干物を箱詰めにして、その上に自らサインして方々に送り出しているニュースをテレビで見た。2ヵ月で2600万円集まった、と伝えていた。

〝野人〟岡野選手といえば、サッカーW杯フランス大会の最終予選のイラン戦で初出場を決める劇的な決勝ゴールをあげた歓喜の姿が忘れられない。長い選手生活を終え、チーム経営をまかされた〝野人〟の新しい出発のために、鳥取名産の松葉蟹が一役買っていると知ってうれしくなった。

●第29回　平成27年3月1日

古書店買佐藤春夫著閑談半日

古書店にて佐藤春夫著閑談半日を買う

甲戌板行瀟洒装
古風賢慮在文章
故人頻羨珍書価
半日閑談傾一觴

甲戌《こうじゅつ》の板行（出版）瀟洒《しょうしゃ》の装い
古風賢慮は文章にあり
故人（親友）は頻《しき》りに羨む珍書の価い
半日閑談して一觴（一杯）を傾ける

近所に洋行堂という古本屋がある。映画演芸関係が充実しているが、文芸物もよくそろっていて、私はちょくちょく顔を出す。そこのご主人は公務員を勤めあげたあと、生来の本好きを生かして古本屋を始めたというご仁だ。学習塾で英語を教えているという弟さんと交代で店番をしている。

「最近は店に来るお客さんよりネット販売の方がどんどんふえてきました」

「電子書籍全盛になったら、古本屋はどうなりますかね」

この店で佐藤春夫「閑談半日」という随筆集を買った。昭和9年（甲戌《こうじゅつ》の年）に出版されたこの本はしっかりしたつくりで美しい。私が生まれる2年前に世に出た本とは思えない。大学生の頃、井伏鱒二の「厄除け詩集」と佐藤春夫の「車塵集」という漢詩の訳詩集を読んで、漢詩に魅せられた。

風花日将老　　風花日に将《まさ》に老いんとするに
佳期尚渺渺　　佳期なお渺《びょう》々《びょう》たり
不結同心人　　結ばず同心の人
空結同心草　　空しく結ぶ同心の草

という唐の時代の名妓・薛濤《せっとう》の詩を、佐藤春夫は「しづ心なく散る花に／なげきぞ長きわが袂《たもと》／情《なさけ》をつくす君をなみ／つむや愁ひのつくづくし」と何とも雅《みや》びな訳をつけた。その日本語の美しさにひかれ、以後よく佐藤春夫の本を買うようになった。

●第30回　平成27年4月5日

猫児

猫児《びょうじ》（ネコ）

美毛肥肚一身柔
日食佳肴閑自偸
夜臥温牀忘捕鼠
爪牙無用不知憂

美毛肥肚（ふとった体）一身柔らかく
日び佳肴（美味な料理）を食し閑自ら偸《ぬす》む
夜は温牀に臥《ふ》し　鼠《ねずみ》を捕らえるを忘れる
爪牙《そうが》は無用　憂いを知らず（太平楽）

ことしから本紙に毎週土曜日、大佛次郎さんの随筆「ちいさい隅」が復刻掲載され、いつも楽しく読んでいる。少年時代の横浜の街や、戦後高度経済成長の頃の世相が、大佛さんの鋭い観察眼で活写されている。出版社に勤めていたとき、大佛さんの原稿取りは2、3度した。鎌倉のご自宅に伺うと猫の多いのにびっくりした。高い塀の上、庭、玄関先…と私には猫屋敷に見えるほどだった。猫のエッセーも数多く残されている。「私の趣味は本とネコ」「私の家に住んだ猫の数は五百匹に余る」と書く愛猫家の大佛さんが描く猫百態の姿はまことに味わい深い。

人間はネコ派とイヌ派に大別されると聞くが、私はちょっと意地悪そうで、独立心が強く、人にべったり忠実でない猫の方がどちらかといえば好きだ。といって飼うほどではなかった。一時期、8匹ほどの野良猫が玄関先に集まるようになった。中にねずみ色の毛並みのドテッと太った、いかにも動作の鈍そうな猫がいて、この一匹が私に最もなついた。「ネズミ」と命名してかわいがった。「ネズミ」はわが家の隣の家族にもかわいがられて、よく餌をもらっていた。お隣さん一家からは何と「おとぼけ」という名前で呼ばれていた。いわば二重国籍者として両家を渡り歩く自由猫だった。

上掲詩は近年、ネズミをとる作業猫から、人を癒やすボランティア猫へと変わってきた風潮を詠んだものだ。究極のボランティアはその人がそばに居るだけでボランティアになる存在だと聞く。今やい、い、居るボラ猫の時代となった。

第31回　平成27年5月30日

中国大被読渡辺淳一先生小説

中国にて渡辺淳一先生の小説大いに読まる

欲研医療竟無成
却志文華肝膽傾
究得閨中心理態
人言情愛大師名

医療を研《きわ》めんと欲して竟《つい》に成《な》る無《な》く
却って文華（文学）を志して肝膽《かんたん》傾く（うちこむ）
究《きわ》め得たり閨中《けいちゅう》（女性の部屋）心理の態（すがた）
人は言う情愛大師の名

昨年（平成26年）4月30日、作家の渡辺淳一さんが亡くなった。最も印象に残っているのは、6年前、直木賞受賞40年を祝う会での渡辺さんのあいさつだ。「昭和44年に『小説心臓移植』を発表して物議をかもし、それでふんぎりがついて文筆一本で行く、と決心して札幌医大を辞め上京しようとしたとき、母がもの書きなんてわけのわからない仕事でなく本業の医学を続けてくれ、と泣いてすがってきました。私はその手を振り払って上京し、今日があります」と、涙をこぼした。「ひとひらの雪」「失楽園」など大ベストセラーになったのは目もくらむ官能小説ゆえだろうが、小説の底にはいつも生々しい現代世相を透視する目があった。私は3回ほど講演旅行に同行した。講演を聴きながらいつも感心したのは、日常茶飯事に対する鋭い観察力だ。「若い人の離婚がふえていますね。それって性格の不一致とか生き方の違いとか、そんな大問題が真の原因じゃない。たとえば、チューブに入った練り歯磨き、夫はきちょうめんにチューブのお尻からしぼってめくり上げていく。ところが妻は無造作にグイと指で押さえてひねり出して使い、あとはそのままグニャリとしたチューブを残してしまう。そんな些細《ささい》なことが夫婦の亀裂を深めていくんですよ」。聴衆の心をグイとつかんでしまう話術に感心した。どの小説も生活のディテールがしっかりしているのは講演を聴いていて納得できた。

渡辺さんの小説は中国で海賊版が続出するほどよく売れた。「中国ではオレのことを〝情愛大師の文学〟と言ってるよ」と笑ったことがある。

第32回　平成27年6月7日

読城田六郎詞兄詩初鰹魚有感

城田六郎詞兄の詩初鰹魚を読み感あり

旨酒鮮魚暑可忘
典妻多啖庶民望
如今草食男児異
肉食佳人欲典郎

旨酒（うま酒）鮮魚　暑忘るべし
妻を典《てん》して多く啖《くら》うは庶民の望み
如今（いま）草食男児は異なる
肉食の佳人（女子）は郎（男）を典せんと欲す

初夏というとすぐ思い出すのが山口素堂の句「目には青葉山ほととぎす初鰹《はつがつお》」である。江戸時代、相模湾でとれた鰹をその日のうちに届けさせる。目玉がとび出るほど高価だが、女房を質《しち》においてでも食うというのが江戸っ子の心意気だったとか。

そのことを漢詩教室の仲間の城田六郎さんが上手な詩にしてみせてくれた。

「嫩緑《どんりょく》薫風杜宇《とう》啼／乗潮翠鬣《すいりょう》上従西／添齏炙膾《せいしゃかい》垂涎處／戯道都人爲典妻」嫩緑（わかば）薫風杜宇（ほととぎす）啼く／潮に乗り翠鬣（魚のひれ）西従《よ》り上る／齏（あえもの）を添え炙膾（火であぶった肉）涎《よだれ》を垂らす処／戯《たわむ》れに道《い》う都《すべ》て人はために妻を典する（質に入れる）と。

面白い詩なので、私は戯れに現代では肉食系の女性が草食系の男を質に入れるのではないかと言ってみたのである。開高健さんの名著「最後の晩餐」の中に「芭蕉の食欲」という一章がある。芭蕉の「鎌倉を生《い》きて出《いで》けむ初鰹」という句をひいたあと、釣ったばかりの鰹を海の上で食べる喜びをこう書いている。「漁師は錆び包丁一本で肉をザグザグと切り、醤油と酢を入れた鍋にほりこんでしばらくほっておく。そのうちカツオの血と脂が醤油ににじみでてギラギラの輪が光るようになる。これを炊きたての御飯にのせてハフハフといいつつ頬張るのである。……こうして裸虫になって潮風と日光のなかでむさぼり食べるカツオは肉がむっちりと餅のように歯ごたえがあって眼を瞠りたくなるのである」――さすがに筋金入りの食いしん坊作家の文章、読んでいると涎が垂れそうになってくる。

老犬麗王

老犬麗王（レオ）

隣家巨犬貌獰獰
却性温純自有情
昨夜驚聞終病死
廿年馴我可憐生

隣家の巨犬　貌《すがた》は獰獰《とうどう》（荒々しく多毛）
却って性は温純（おとなしい）にして自《おのずか》ら情あり
昨夜驚き聞く　終《つい》に病死すと
廿年（20年）我に馴れたり生を憐むべし

今の所に住んで40年になる。私は中古の木造平屋を買ったが、ほぼ同時に隣に2階建ての家が新築された。ある日、門の表札の下に「猛犬あり　ご注意！」という木札がぶら下がった。実際は生まれてほどない子犬で、看板から程遠いものだった。オヤオヤと思っていたが、レオと名付けられたこの犬は大型犬の血統だったようで、見る見る巨大な犬に成長した。「猛犬」の名に恥じない貫禄をみせるまでになった。ところが性質はおとなしく、人なつこい。通りすがりに頭をなでてやっているうちにすっかり私になれて尾を振ってくれるようになった。ほえる声は一度も聞いたことがない。木札の「猛犬」は「愛犬」か「忠犬」にかえたかった。

忠犬といえば何といっても渋谷駅前のハチ公の銅像を思い出す。今年はハチ公没後ハチ十年（80年）にあたり、3月、東大農学部キャンパスにハチ公と飼い主の上野英三郎博士の像が建てられた。上野博士が亡くなった後、博士の姿を求めて7年半も渋谷駅に毎日のように通ったハチ公の忠犬美談の集大成としての銅像といえるだろう。犬は警察犬、盲導犬、猟犬、番犬……と、どのような要求にも応えてくれる最高のイエスマンである。愛情をかければかけるほど人間の気持ちに忠実にしっかりと応えてくれる。犬は1万年前からの人間にとってかけがえのない伴侶である。330年ほど前、5代将軍綱吉が生類憐みの令を公布、「犬公方」と呼ばれ、一種の恐怖政治を繰り広げたといわれるが、これも長い人間と犬との深い愛情関係が根底にあることの証しといえるだろう。

●第34回　平成27年8月2日

贈撫子日本女子足球隊

撫子日本女子足球隊《なでしこジャパンサッカーチーム》に贈る

自在操球飛燕姿
四年前掲日章旗
還知今載異邦躍
八咫烏翔歓喜時

自在に球を操る飛燕の姿
四年前掲ぐ日章旗
還《ま》た知る今載（今年）異邦に躍るを
八咫烏は翔《かけ》る歓喜の時

女子サッカーW杯での日本代表の活躍を見ながら、十数年前、当時「岡山湯郷Ｂｅｌｌｅ」の監督だった本田美登里さんにインタビューしたときのことを思い出した。日本代表の第1期生として女子サッカーの先頭を切った本田さんは「男社会と言えるサッカー界の道のりは、いばらの道をかき分けて歩いてきた感じ」といい、「オーストラリアの女子チームが活動費を捻出するためにヌードのカレンダーを作った意気込みに感心」「男尊女卑のない国は女子サッカーが強いんです。アメリカのほかは、中国とスウェーデンなど北欧系が強い」と漏らした言葉が忘れられない。今度のW杯カナダ大会で日本代表の主将を務めた宮間あや選手のような頼もしい選手も、本田さんの湯郷Ｂｅｌｌｅから育っている。

予選から準決勝まで6試合をすべて1点差で勝ち上がった日本チームの勝負強さは、ほとんどがアマチュア、せいぜいセミプロという選手ばかりで、昼間働いて夕方から練習という厳しい環境を乗り越えてきたから生まれたものか。全員がプロという男子代表の勝負弱さとつい比べてしまう。

上掲詩は決勝に進んだときに作った。決勝でアメリカに2－5で敗れて、結句を「只恨金杯不奉時」（只だ恨む金杯奉ぜざるの時）に変えようかとも思ったが、全員攻撃、全員守備とも見える、打てば響くようなパスサッカーには、日本代表のエンブレムになっている日本神話の八《や》咫《た》烏《がらす》が歓喜して飛んでいるという句を残したかった。

憶三浦哲郎先生

三浦哲郎先生を憶《おも》う

文苑五旬風骨清
孤高雅藻有余情
近年多病至悲報
遺著猶聞温恕声

文苑（文壇）五旬（五十年）風骨清し
孤高の雅藻（品のある文章）余情あり
近年多病　悲報至る
遺著に猶《なお》聞く温恕《おんじょ》（おだやか）の声

5年前、2010年8月29日に作家の三浦哲郎さんが79歳で亡くなった。その一週間ほど前、都内の大学病院に見舞いに駆けつけたが、危篤昏睡《こんすい》状態で、もう話はできなかった。ベッドの三浦さんの体には、アメリカのプロバスケットボールチームのブルズの文字が入った大きなタオルケットが掛けられていた。三浦さんは八戸高校時代、俊敏なバスケットの選手として青森県内では知られた存在だった。「その頃は〝ハヤブサの哲〟と呼ばれていましてね」と、ちょっと照れながらそれでもうれしそうに話してくれたことが忘れられない。

1974年秋、三浦さんとヨーロッパ取材旅行をした。16世紀末、九州のキリシタン大名が、いわゆる天正遣欧少年使節として伊東マンショ、千々石《ちぢわ》ミゲルらをバチカンの法皇のもとに送った歴史を、長編小説にしてもらうための取材だった。ポルトガル、スペイン、イタリアの各地に少年たちの足跡を追う24日間の旅だった。少年使節の絵を見ると西欧南蛮風の服装で描かれているが、正装には着物をまとったのではないか。追体験すべしと二人で着物を持参し、リスボンとバルセロナで着物散策を試みた。「日本女性の和服姿は見たことがあるが、男の着物は初めてだ」とホテルのボーイに言われ、事実、街に出ると黒山の人だかりになった。

ベニスに着いた日が中秋の名月だった。ゴンドラに乗って水の都を巡りグラッパという強い酒をながめながらの月見となった。

憶山崎豊子先生大地之子板行

山崎豊子先生の「大地の子」の板行（出版）を憶《おも》う

六甲山斎司馬遷
民情欲究自猶鞭
扶桑禹域干戈惨
記得雄文万世伝

六甲山斎（書斎）の司馬遷
民情究めんと欲し自ら猶《なお》鞭《むち》うつ
扶桑《ふそう》（日本）禹域《ういき》（中国）干戈《かんか》（戦争）の惨
記し得たり雄文万世に伝わらん

最近「山崎豊子先生の素顔」（文藝春秋）という本が出た。著者は秘書として52年間生活をともにした野上孝子さん。作家・山崎豊子さんは進行形の現代史に挑戦、一歩間違えれば生々しい返り血を浴びてもおかしくない現代に切り込むじゃじゃ馬のような激しさで〝おんな清張〟〝火の玉作家〟と私は呼んでいた。野上さんの本を読むと、山崎さんの取材・創作現場の内幕が赤裸々に愛情をもって書かれていて巻を措《お》く能《あた》わずの面白さだ。「山崎豊子という渦潮に巻き込まれてしまった」と書く野上さんは、秘書というより同志・戦友と言った方がいい。

1984年の夏、「オール讀物」編集長のN君と六甲山頂近くにある山崎さんの山荘を訪ねた。のちに代表作となる「大地の子」の取材の打ち合わせだった。六甲の夜は夏でも寒く、暖炉に薪が燃えていた。山崎さんが中国に招かれたとき、胡耀邦総書記と会見する機会があった。そのとき山崎さんは「私は犬好きでどんな国に行っても犬はなついてくれるのに、革命の聖地・延安ではウーッ、ワンとほえられた。〝抗日犬〟ですか」と言うと総書記は大笑いして「私が会った日本人の中であなたくらい率直にものを言う人は初めてだ。中国を取材して小説を書いてほしい。全面的に取材協力をする。その頃になれば。〝抗日犬〟も〝友好犬〟になってるよ」と言ったという話を聞いて、「大地の子」の成功を確信した。生活環境の悪い中国東北部の取材は何カ月にもわたった。その山崎さんも2年前の9月29日に亡くなった。この10月14日から横浜高島屋で「山崎豊子展」が開かれる。

●第37回　平成27年11月1日

観橄欖球比賽有感

橄欖球《ラグビー》の比賽《ひさい》（試合）を観《み》て感あり

激闘場中熱気流
天高蹴上楕円球
落来後転又横躍
恰似人生手不収

激闘の場中　熱気流る
天高く蹴り上げる楕円球《だえんきゅう》
落ち来りて後転し又横に躍《は》ねる
恰《あたか》も似たり人生の手に収まらざるに

1980年にスポーツ総合誌「ナンバー」を創刊した頃、サッカーの試合は閑古鳥が鳴いており、それにくらべてラグビーは社会人では新日鉄釜石、神戸製鋼、大学は早稲田、明治、慶応がしのぎを削っていて、秩父宮ラグビー場や国立競技場によく足を運んだ。新日鉄釜石は明大出の松尾、森を除いて、大半が東北の無名高校出身者が鍛え上げられたチームで土のにおい、鉄のにおいがするようで好きだった。とくにFWの洞口選手の胸板厚い、ずんぐりむっくりがひいきだった。

その後、ラグビー人気は先細り、Jリーグのサッカーに押されっぱなしだったが、先のラグビーW杯で日本代表が南アフリカ、サモア、米国に勝った試合を見て久しぶりに興奮した。ヘッドコーチのエディー・ジョーンズ率いる桜の戦士たちの中に、外国出身者が多くまじっていたのも〝雑種文化〟の日本らしくてよかった。中で五郎丸歩選手の正確なキックに魅せられた。ボールをセットして3歩下がって2歩横へ。祈るように両手の指を合わせる精神統一法の独特のポーズが面白い。

五雲靉靆異邦天　　郎子欣歓風貌妍

丸乍起駆眈敵手　　歩祈高蹴聳双肩

起承転結の句の1字目に五郎丸歩を使って無理仕立ての七絶を作ってみた。「五雲（めでたい雲）が靉靆《あいたい》（たなびく）異邦の天／郎子（男）は欣歓（喜び楽しむ）として風貌妍《けん》なり（イケメン）／丸《ころ》び乍《たちま》ち起き駆けて敵手を眈《にら》む／歩み祈り高く蹴って双肩を聳《そび》やかす」

第38回　平成28年2月7日

紅梅

紅梅

菜屑深埋庭一隅
作肥偏願老梅蘇
五年移植驚看朶
点点紅葩不負吾

菜屑《さいせつ》（野菜くず）を深く埋む庭の一隅
肥（肥料）と作《な》し偏《ひと》えに願う老梅の蘇《よみがえ》るを
五年移植して驚き看る朶《だ》（枝）
点点たる紅葩《こうは》（紅い花）吾に負《そむ》かず

茅ケ崎に住んで40年になる。庭と私道に梅の苗木を5本植えた。そのうちの1本が10年ほど前、急に衰えてきた。日当たりが悪いせいかと思い、植木屋さんに頼んで植えかえてもらった。その梅の近くに私は大きな穴を掘って、毎日台所から出る生ごみを放り込むことにした。もともとが砂地だから、そうすることで少しでも土が肥えるのではないかという素人考えである。ごみを入れては土をかけるというやり方で数年たつと、梅は勢いを取り戻し、また花をつけ始めた。カムバックした梅を喜んで、連日祝い酒となった。わが家では梅も酒のためにある。出版社に勤めていた昔、生け花作家の故・安達瞳子さんを取材したことがある。広いアトリエで大きなオブジェのような生け花を制作中だった。大ぶりのいろいろな草花がのびのびと呼吸しているような華やかさだ。取材が終わった後「あなたはどんな花が好きですか」と聞かれた。「梅です」と答えると「あら、珍しいですね。日本人男性の大半は好きな花といえば桜と決まっているんですけどね。どうして梅が好きなんですか?」。私は「梅は花も清楚《せいそ》で凛《りん》としています。香りもいいです。たまにはウグイスもやってきて、いい声を聞かせてくれます。そして実がなります。梅酒もできる、梅干しも作れます」と答えた。

小田原・曽我の梅林近くに住んでいた作家・尾崎一雄さんの手作りの「尾崎屋謹製の梅干し」をいただいたことを思い出した。安達さんは「随分実利的なんですね」とくすりと笑った。菅原道真の「東風《こち》吹かば匂いおこせよ梅の花主なしとて春な忘れそ」を理由にした方がよかったかな、と思った。

●第39回　平成28年3月6日

大関琴奨菊快挙

大関琴奨菊の快挙
十五尺疆心技体
十五尺の疆《きょう》（土俵）心技体
相争角觝正無倫
相い争う角觝《かくてい》（相撲）正に倫《りん》無し（抜きんでる）
衆人歓喜反身態
衆人歓喜す身を反《そ》らす態（琴バウアー）
贏得名声両国春
贏《か》ち得たり名声　両国の春

初場所で大関琴奨菊が優勝したのには、正直驚いた。けが続きでいつ大関の座から陥落するか、その方が心配だったからだ。そんな不安をはね飛ばすような馬力満点のがぶり寄りで、日本出身力士として10年ぶりの優勝を飾ったのはうれしかった。結婚したばかりの妻祐未さんによる栄養管理、独特の体幹トレーニングが成果を挙げたのだろう。ラグビーの五郎丸歩選手の前かがみで祈るようなルーティンに対して、琴奨菊のそれは大きく体を後ろに反らせる「琴バウアー」で観衆の喝采を浴びた。2006年トリノ冬季五輪の女子フィギュアスケートで、金メダルに輝いた荒川静香選手の「イナバウアー」を連想して楽しかった。

今度の優勝は「日本出身力士10年ぶり」が強調されるが、私はそのことにあまりこだわりたくない。トンガ、ハワイ、モンゴル、ヨーロッパ、エジプト……などからやって来た大男たちが、立派な大髻《おおたぶさ》を結い、着物を粋に着こなし、流暢《りゅうちょう》な日本語を操る姿は、これまた好ましくうれしい風景だ。「国技」から「世界の相撲」に進化しつつあると思うのだ。スポーツは人類が発明した最高の公共財産である。相撲もまたその例外ではない。

それにしても最近のお相撲さんはインタビューを受けても口ごもることなく、しっかりしゃべるようになった。自分の気持ちを臆することなく正確に話すのに感心する。昔は「アーウー」ばかりで取材は本当に難しかった。相撲の取材のときはどんな話題でも、私はまず出羽錦さんの所に駆けつけた。出羽錦さんは嫌な顔もせず、ユーモアたっぷりに取材に応じてくれた。ありがたい存在だった。

● 第40回　平成28年4月5日

高梨沙羅選手獲滑雪跳躍世界杯

高梨沙羅選手滑雪跳躍世界杯（スキージャンプW杯）を獲る

滑雪台高操橇工
飛禽如此截虚空
瞬時着地身安泰
脱帽皆憐一女童

滑雪台高く橇《そり》（スキー）を操ること工《たく》みに
飛禽《ひきん》（飛ぶ鳥）此《か》くの如きか虚空を截《き》る
瞬時地に着き身は安泰
帽（ヘルメット）を脱げば皆憐れむ一女童

女性に学問は必要ない、ましてスポーツなどとんでもない。戦前、内助の功を強いられた時代でも険しいアスリートの道を選んだ女性はいた。陸上の人見絹枝、水泳の前畑秀子が双璧。そして戦後は、東京オリンピック（１９６４年）のバレーボールで優勝した「東洋の魔女」たちが女子スポーツの狭き門をこじあけたように思う。画期的だったのは74年、ボストンマラソンで優勝した日本人女性ゴーマン美智子の登場だ。スポーツと無縁だった一人のＯＬが、結婚した夫についてスポーツジムに通い始めたのがきっかけで一流のマラソンランナーに成長した。このあたりから日本各地に「走る女性」が続々と出現。東京の風景が大きく変わったのだ。

こうして女性スポーツのバトンは手渡されてきた。５年前の東日本大震災の被災地を元気づけた女子サッカーのなでしこジャパンは、今回はリオ五輪出場を逃したものの、取って代わるように次々と新たな女性アスリートが登場してくる。卓球の伊藤美誠やフィギュアスケートの宮原知子、さらにバドミントンでは全英オープンのシングルスで39年ぶりに優勝した奥原希望、ダブルスを38年ぶりに制覇した高橋礼華と松友美佐紀、競馬界でも16年ぶりに誕生した女性騎手、藤田菜七子が話題だ。

中でもスキージャンプの高梨沙羅は飛び抜けている。今シーズンＷ杯で17戦14勝。早々と総合優勝を決めたのは、まさに異次元の強さだった。優勝インタビューにも英語できちんと答えていて頼もしい。女性アスリートの活躍は確実に日本社会をけん引する力になっている。

第41回　平成28年5月1日

賀 sii house 開店一周年

sii house 開店一周年を賀す

湘南開店値時宜
主客相和肝胆披
加喱味全談熟処
破顔伉儷有矜持

湘南に店を開き時宜（丁度いい時）に値《あ》う
主客相い和《なご》み肝胆披《ひら》く（心からうちとける）
加喱《カレー》の味は全《まった》し談熟する処（話がはずむ時）
破顔の伉儷《こうれい》（夫婦）矜持《きょうじ》有り（誇りをもつ）

ＪＲ辻堂駅の北側に隣接してテラスモール湘南という大きな商業施設が工場移転の跡地に5年前にできて、若い人でにぎわっている。神奈川新聞の記事によれば、２０１５年度の売り上げは５４０億円、来館者数も２３３０万人で過去最多を更新したそうだ。

その半面、私が住んでいる辻堂駅の南側（海寄り）の住宅街は高齢者が多く、年々、静かになる感じだ。そんな街に2年前、平屋の古い民家を少し改装したカレー専門店ができた。「sii house」という店名の前に「カレーと家具。」と書かれている。ふしぎな取り合わせで早速入ってみた。

荒木周一郎・遥さん夫妻で切り盛りしている。30歳代の二人は周一郎さんが家具職人、遥さんが保育士だったという。店の暇なときはパソコンを開き、夫婦で頭をつき合わせて注文を受けた本箱などを設計している。周一郎さんは大リーグのイチロー選手そっくり、二人とも笑顔良しで話し好きだ。

夫婦だけて営む店には、えも言われぬぬくもりがある。辻堂駅の西口にある花屋さん「わうち」も夫婦だけの店で、こぢんまりした店だが花で街が明るくなる感じだ。こちらは開店して30年の老舗だ。

卅年店賑郁芳葩　　侃儷勤勤風雅嘉
停歩衆人頻讃嘆　　野翁也愛此廛花

「卅年店は賑わい芳葩《ほうは》（美しい花）郁《いく》たり（かぐわしい）／侃儷勤々（まじめ）風雅嘉《よ》し／歩を停《とど》める衆人頻《しき》りに讃嘆す／野翁（私）も也《ま》た愛す此の廛《みせ》の花」

●第42回　平成28年6月5日

賀飯沼一之先生板行松韻亭歌集

飯沼一之先生の松韻亭歌集板行（出版）を賀す

大隠閑居松韻亭
風流日日好家庭
幾篇選得成歌集
古淡佳言筆有霊

大隠閑居す松韻亭
風流の日々好き家庭
幾篇か選び得て歌集成る
古淡佳言（しっとりとした言葉）筆に霊あり

神奈川県漢詩連盟には「竹林舎」という特別なグループがある。高齢の漢詩実力者7人に舎友になってもらい、漢詩の実作や鑑賞などで後進の指導をお願いしている。「竹林舎」はもちろん中国の魏・晋の時代（3世紀ごろ）に生きた阮籍《げんせき》、嵆康《けいこう》、劉伶《りゅうれい》ら、いわゆる「竹林の七賢」をイメージしている。世俗を避けて清談にふけり、自然と詩酒を愛した理想的な隠者である。

その舎友の一人、飯沼一之さんが先頃、「松韻亭歌集」を刊行された。飯沼さんは放送ジャーナリストだったが、早くから短歌、漢詩をたしなんだ風雅の人である。1971年、仙台に単身赴任の「塵ひとつなき部屋にわれたゝずみて酔さめんとす妻去《い》にし宵」から始まり「書き溜めし歌を上梓の思ひ成る九十一の春のどかなり」で終わる300首余りの歌はまさに飯沼さんの自伝であり〝詩と真実〟である。起句の「大隠」とは真の隠者のこと。山林などに隠棲《いんせい》せず、市井の民衆の中で悠々と生活し、なおその身の清さを保つ人のこと。飯沼さんからすぐ礼状が来た。

次岡崎詩宗玉韻

老嬾無聊白屋亭　迷濛韻事寂寥庭

詩宗手翰如天籟　玉詠三吟奠祖霊

（老いて無聊《ぶりょう》をかこつ家、迷い乱れて詩作する寂しい庭、手紙と詩は、三度吟じて祖霊に供えた）

●第43回　平成28年7月4日

白内障手術後有感

白内障手術後感有り

今朝驚見鏡中真
皺面鬢霜愁殺人
細字分明能判読
只慙心眼未精神

今朝驚き見る鏡中の真
皺面《しゅうめん》（顔のしわ）鬢霜《びんそう》（しらが）人を愁殺す
細字分明に能《よ》く判読す
只だ慙《は》ず心眼は未だ精神ならざるを（薄ぼんやりしている）

前期高齢者、後期高齢者という言葉を初めて聞いたとき、厚生労働省のお役人は随分ドライな区分けをするものだな、と腹が立ったが、実際自分がその年になってみると、納得するような身体の異変が出てきた。71歳のとき転んで、右脚大腿《だいたい》四頭筋の腱《けん》を切り、75歳のとき白内障の手術をすることになった。そして昨年、今年と続けて大学以来の親友2人が亡くなった。

私も今年11月で満80歳になる。年齢のことなど考えないで、ここまで突っ走ってきたが、そろそろ人生の終活も真剣に考えなければならない時を迎えたようである。そんなとき、何げなく読み始めた作家の故山田風太郎さんの「人間臨終図鑑」（上下巻）に強くひきつけられた。10代と20代、100代から50人、30歳から99歳までは1歳きざみに873人、古代から現代まで、世界と日本の有名人の臨終の姿が描かれている。最もショックだった事実は、「眠るがごとき大往生」は全体の5％もないということだった。人類に貢献する大きな仕事をした偉人たちも、最後はほとんどが肮惚《こうこつ》の人となり、苦悶《くもん》のうちに死んでいる。これでもか、これでもかと出てくる悲惨な臨終のシーンを読んでいると、死に方を考えるのは無意味なことに思えてくる。いっそそれよりも「論語」の〝続き〟をみんなで考えてみると面白いのではないか。「論語」は「吾れ十有五にして学を志す」から始まって「七十にして心の欲する所に従って矩《のり》を踰《こ》えず」で終わっているが、「論語」が考え及ばなかった80歳、90歳、100歳の生き方を考えてみたらどうだろう。

●第44回　平成28年8月7日

観秋野不矩画有感

秋野不矩の画を観て感有り

落日乾坤金欲燃
黒牛成列下長川
千年印度平常景
老媼遥望物外天

落日の乾坤（天地）金燃えんと欲す（夕日の輝き）
黒牛列を成して長川を下《くだ》る
千年の印度　平常の景
老媼遥かに望む物外の天（俗世間を超える）

30年ほど前、インドを旅したことがある。その途中、一人の日本人に出会った。自動車のコンピューター技術を売り込むため、タタ財閥の会社で説明会をやったのだという。

「その時、私がいくら熱心に話をしても、みんな一様に首を横に振るんですよ。ちゃんと聞いてくれてるんだけど首を横に振る。これでは商談はダメだとがっかりしてホテルに帰ったんですが、翌朝、何人かの人が訪ねて来て昨日の話はＯＫ、契約するという。私はびっくりして、ではあの時なぜみんな首を横に振ったのかと聞くと、あれは無限大∞に首を振っているので大きなイエスの意味だと言われて二度びっくり」とその人は苦笑した。無限大に首を振るというのは、いかにもインドらしい。

秋野不矩《ふく》という女性画家（２００１年に93歳で逝去）が晩年インドのとりことなり、毎年インドに出かけて絵を描き続けたと知って、浜松市にある秋野不矩美術館へ行った。木造2階建てのこぢんまりした親しみやすい美術館だ。

初期の絵はいわゆる日本画らしい静謐《せいひつ》な絵だが、インドの悠久の風土・人間が描かれた絵は、黄褐色がふきこぼれ、これが生命というものだと言わんばかりに光があふれていた。とくに、「ガンガー」「渡河」という作品は大きな川まで黄褐色で、そこを黒い牛の群れが首だけ水面に出して川を下っている。太古から悠々と流れる時間の中をかれんな生き物が泳いでいるように見えて、私は深く感動した。その時の気持ちを詩にしてみたのが上掲の七言絶句である。

●第45回　平成28年9月4日

寄挙重三宅宏実選手

挙重《ウェイトリフティング》の三宅宏実選手に寄す

調息凛乎驚鬼神
頬膨脚震莫逡巡
千斤高挙抜山力
微笑如憐撫鉄輪

息を調え凛乎《りんこ》として鬼神を驚かせん
頬膨《ほほふく》らみ脚震《あしふる》えども逡巡《しゅんじゅん》する莫《な》かれ
千斤（重いもの）高く挙ぐ山を抜く力
微笑して憐《いとお》しむ如く鉄輪を撫《な》でる

リオ五輪が終わった。日本人選手の予想以上の活躍で連日、早朝までテレビにくぎ付けとなり、寝不足の日が続いた。私にとってオリンピックをありがたいと思うのは、普段あまりテレビに映らないマイナースポーツが見られることだ。中でも重量挙げ、水泳の高飛び込み、陸上の競歩がひいきだ。ただただ重いバーベルを頭より高く差し上げる、10メートルの高所からクルクル体をひねりながら一本の槍《やり》のようにズボッと水面に突き刺さる、体を奇妙にくねらせながらなお背筋を伸ばして高速歩行する…　そんなスポーツに全身全霊で取り組む選手の姿を見ていると、つくづく人間の不思議さ、愛らしさに気付かされるのである。

女子ウエイトリフティング48キロ級でみごと銅メダルに輝いた三宅宏実選手は腰痛を抱えていると報道されており、最後までハラハラさせられた。スナッチは2回、ジャークは1回試技を失敗、もはや駄目かと思ったが、最後の最後、憤怒の仁王様となってバーベルを持ち上げ、成功するや今度は菩薩様の笑顔を見せた。壇上から去りかけてすぐ引き返し、バーベルの鉄の錘《おも》りをハグ、やさしくなでた姿が忘れられない。バーベルを単なる物体ではなく、まるで生命あるもののように愛撫《あいぶ》する三宅選手の感謝を込めた自然なしぐさに胸をうたれた。

女子レスリング63キロ級で優勝した川井梨紗子選手が勝った瞬間、栄和人コーチに飛びつき、2回たてつづけに投げ飛ばして喜びを分かちあった荒々しくかつ愛すべきシーンも深く印象に残った。

第46回　平成28年10月2日

山口蓬春記念館観柏梁体屏風

山口蓬春記念館に柏梁体屏風を観る

臨海草堂秋欲來
名家攢集葉山隈
一人一句称明月
妙筆画屏無俗埃

海に臨む草堂　秋来らんと欲す
名家攢集《さんしゅう》す　葉山の隈《くま》
一人一句　明月を称《たた》える
妙筆の画屏　俗埃《ぞくあい》無し

この頃、御用邸のある葉山によく出かけるようになった。神奈川県立近代美術館とそのすぐ近くにある日本画の山口蓬春記念館に行くためだ。50年以上も前、葉山に行ったのは作曲家にして名エッセイスト団伊玖磨さんの原稿取りだった。何となく懐かしい気分になる葉山に蓬春記念館ができたのは25年前。海に近い、大きく立派な県立美術館と道を隔て、山の懐にある細い坂道をほんの2、3分歩いたところに、蓬春が戦後に住んだ瀟洒なアトリエ兼自宅がそのまま記念館になっている。四季折々の日本画の名品が展示されているだけでなく、東京美術学校の同級生だった建築家の吉田五十八さんが設計した海に向かって大きなガラス張りになったアトリエ、仏壇や食器棚も見える。はなれの2階に行けばセルフサービスでコーヒーやお茶が飲める。窓からは葉山の静かな海がよく見える。その昔、団伊玖磨さんが大物のイシダイ釣りに挑戦した海だ。

数年前、この記念館で、蓬春と画家文人仲間が集まって中秋名月を賞《め》で、にぎやかな酒宴でみんなが七言一句の柏梁体《はくりょうたい》を筆で書きつけた屛風《びょうぶ》を見つけた。柏梁体とは前漢の武帝が柏梁台を築き、群臣を集めて七言の連句を作らせたのが始まりといわれる。私たちも吟行会をすると、必ず柏梁体をする。7字目を同じ韻のグループの字を使うルールだけで、あとは平仄《ひょうそく》も自由。人数分の七言一句を上手に並べてストーリーを作って遊ぶ。明治26年生まれの蓬春の時代の画家たちは、ごく当たり前に柏梁体を楽しめたようだ。風流風雅の画家たちが出入りしたぬくもりのある蓬春記念館が好きだ。

●第47回　平成28年11月6日

憶小説北京最冷的冬天作家夏之炎先生

小説北京最冷的冬天《ペキンのいちばんさむいふゆ》の作家夏之炎先生を憶う

刊刻英華三十年
毎逢談笑甚欣然
清魂記得北京景
今隔幽明思尚鮮

刊刻（刊行）す英華（立派な作）三十年
逢う毎《ごと》に談笑し甚《はなは》だ欣然たり（うれしい）
清魂記し得たり北京の景《ひかり》
今幽明を隔つも思いは尚《な》お鮮やかなり

1962（昭和37）年の夏、ふとした偶然から中国語を習い始めた。先生は台湾から東京大文学部大学院に留学していた、私と同い年の女性・湯淑貞さん。週1回1時間、東大赤門近くの「ルオー」という喫茶店で習った。4人目の先生は北京育ちの女性・林暁蓉先生で、市ヶ谷の自衛隊の前の小さなビルに「中国語之家」という少人数の教室兼自宅があった。林先生の教科書の朗読——たとえば「北京是中国的首都、是世界上最大的城市之一…」といった何でもない文章がほとんど音楽を聞いているような美しさで凛々《りんりん》と教室に響いた。

林先生に用事があるとき、代わりをつとめてくれたのが夫君の夏之炎さんだった。76年1月に周恩来首相が亡くなり、4月に第1次天安門事件が起こった。その直後夏さんから電話があり、「北京最冷的冬天」という400枚余の小説を書いたので読んでほしい、という。それは政治的に抑圧された中国の青春群像を描いた小説で、その年の毛沢東主席の死、ひきつづき江青ら四人組の逮捕で文化大革命にピリオドが打たれる事態を予言する近未来小説だった。辞書をひきながら読んだこの小説は中国政界最上層部の生態も生々しく描かれていて、まさに手に汗握るおもしろさだった。それでも内容が荒唐無稽では困る。東大教授の衛藤瀋吉先生（国際関係論）に読んでもらい、太鼓判を押してもらって掲載となった。作家の開高健さん、思想家の市井三郎さんが激賞してくれ、その年の文藝春秋読者賞も受賞した。私の中国語が役立った唯一の事例である。夏さんが亡くなって7年になる。

●第48回　平成28年12月4日

京都進々堂

▒ 京都進々堂

古風茶館幾春秋
年少親書似雅遊
憶昔談賢師与弟
浮生若夢転催愁

古風の茶館（喫茶店）幾春秋
年少書に親しむは雅遊の似《ごと》し
憶う昔　賢を談ずる師と弟と
浮生夢の若《ごと》く転《うた》た愁《うれ》いを催《もよお》す

1956（昭和31）年から4年間、大学生活を京都で過ごした。ドイツ文学の大山定一教授に「君たちはかわいそうだね。祇園で遊べないだろう。私の学生時代は〝出世払い〟が生きていて、金がなくても遊ばせてくれたんだよ」と哀れまれた。祇園でもなく神社仏閣でもなく、私にとって京都でもっとも親しい場所は百万遍の近くの「進々堂」という喫茶店である。フランスパン製造販売の勉強にパリに留学した主人が30（同5）年にオープンした喫茶店は天井も高く、広々とゆったりした雰囲気だ。とくに10人掛けのテーブルとベンチ風の椅子は厚さが6～7センチはあろうという木製の重厚なものだ。人間国宝の黒田辰秋作という。大学の先生も学生もよく出入りした。私も何度か「進々堂」で授業をうけた。たしかデカルトの講読で学生は3人、若い講師の先生が「今日は月給日だから進々堂でコーヒーを飲みながら授業しよう」と誘ってくれるのだ。そんなときはテキストを読むのは早々に切り上げて、雑談に興ずる時間が長かった。苦労した卒論の下書きをしたのも進々堂であった。

進々堂とともに忘れられないのは、新京極の路地裏にあった「斗六」という小さな飲み屋である。おかみさんが一人で切り盛りしていた。友人と2人で300円握って行く。100円でサントリー角瓶に入ったドブロク1本、あとの200円でおでんを食べる、という飲み方であった。もう一つ、銀閣寺の近くに出ていた屋台のラーメンはうまかった。1杯35円。その近くに下宿していた友人の所に遊びに行くと、夜は必ず食べに出た。風流のかけらもない貧しい学生生活だったが、懐かしく思い出す。

●第49回　平成29年2月5日

悼秋吉邦雄雅兄

秋吉邦雄雅兄を悼む

恬淡温容老大身
倶愉風雅費精神
多年交誼詩将酒
白玉楼中鶴駕賓

恬淡《てんたん》温容　老大の身
倶《とも》に風雅を楽しみ　精神を費やす
多年の交誼　詩と酒と
白玉楼中　鶴駕の賓

昨年9月に京都で開かれた全日本漢詩大会で、神漢連の仲間の秋吉邦雄さんが「NHK京都放送局賞」に入賞されたが、残念なことに表彰式の前に亡くなられてしまった。たしか秋吉さんは70代半ばから漢詩実作を始め、みるみる腕を上げ端正で風雅な七言絶句を作られた。入賞作品は次の詩。

　鶴陵廟（鶴岡八幡宮）偶成

亭亭朱廟屹青天　鬱鬱緑雲纍紫烟

磴上偏憐小靈樹　蘖栽期得又千年

（亭々たる朱廟　青天に屹《そばだ》ち／鬱々たる緑雲　紫烟纍《まと》う／磴上偏《ひと》えに憐れむ小霊樹／蘖栽《げっさい》期し得たり又千年）

仲間うちでお別れ会を開いたとき、米国在住の長女ジョンストン秋吉幹子さんのこの詩の英訳と詩の背景が書かれた英文の資料がご遺族から出席者に配られた。資料の最後はこう締めくくられている。

In this particular poem, Kunio wrote about this tree of the shrine. His friend told us that Kunio may have known his life was soon to end and that he may have felt assured to see the proof of new life that would continue for many years. Because my own name is “Mikiko, or Tree Child”, this explanation moved me so much.

上掲詩の「白玉楼」は文人が死後に行くという天上の楼閣。「鶴駕」は仙人の乗り物のこと。

●第50回　平成29年3月5日

横浜中華街

横浜中華街

旗店連軒金港辺
芳餐醇醴酔陶然
尤欣嚼味東坡肉
倭漢千年詩酒縁

旗店（料理屋）軒を連ぬ金港の辺《ほとり》
芳餐《ほうさん》（ご馳走《ちそう》）醇醴《じゅんれい》（良い酒）酔うて陶然
尤《もっと》も欣《よろこ》ぶ東坡肉《とうばにく》を嚼味《しゃくみ》するを
倭漢《わかん》（日中）千年の詩酒の縁

3月16、17日の両日、横浜市開港記念会館で神奈川県漢詩連盟10周年記念の「漢詩で遊ぶ」イベント、全国から募集した七言絶句の入選作発表などの行事を予定している。七言絶句は自由題のほかに「横浜中華街」「中華料理」の題詠もあり、ユニークな作品がたくさん集まった。

私は15年前に漢詩実作を勉強しはじめてから、風流風雅の高尚な趣味と見られるよりも、日常の中にスルリと入り、生活のにおいの立ちこめる詩を作ってみたいと思いつづけてきた。その意味で横浜中華街とコラボできるようなイベントができないかと考えて、やっと実現の運びとなった。うれしくてたまらない。横浜華僑総会賞、横浜中華街発展会協同組合賞、そして地元の神奈川新聞社賞、テレビ神奈川賞、もちろん横浜市長賞、川崎市長賞も出してもらえることになった。これからも地域になじみ、生活の中で楽しめる漢詩を目指していきたいと思う。

上掲詩の「東坡肉」とは、11世紀北宋時代の詩人・蘇軾《そしょく》（蘇東坡《そとうば》）が作った豚肉料理である。日本人になじみのある「春宵一刻直《あたい》千金」の詩で知られる蘇軾は食べ物にも強い興味をもち、その頃あまり好まれなかった豚肉を使った創作料理を作ってみせた。豚肉を方形に切り、半日以上煮詰め、しょうゆ、豆腐、香料などを加えて味付けした料理。それが「東坡肉」だ。尖閣列島問題などで、日中間に政治的な波風が立っても、横浜中華街は依然として私たちにおいしい料理を提供しつづけてくれる。「日中友好」はスローガンではなく、おいしい中華料理の中にあるとも言える。

第2部

楽しくあそぶために

ルールと実例

はじめに

漢詩にはシンプルな、しかし厳しい以下のルールがあります。

その1、**一つの詩の中で同じ字を使わない**。

その2、**1句・2句と4句の7字目は、同じ韻の字を使う**。

その3、**平仄**（ひょうそく、中国語の発音をもとにした文字の種類と思ってください）**を整える**
（※**韻と平仄は**「漢詩の作り方」で説明）。

ちなみに1句が5字あるのを「五言」、7字のを「七言」、4句のものを「絶句」、8句を「律詩」といいます。

すべての漢字は、平字（ひょうじ）と仄字（そくじ）に分類されます。平は高く平らかな音、仄は下がったり、はねたりする音。この区別は漢和辞典（かなり分厚くてしっかりしたもの）で調べるしかない。平字はさらに30のグループに分かれており、同一グループの字を使って初めて「韻を踏んだ」ことになります。

中国人は詩をまず耳で楽しみました。

漢詩の作り方

漢和辞典のほか、太刀掛重男著『詩語完備　だれにもできる漢詩の作り方』が必須。後者は、平字と仄字の印付きで2字と3字の熟語を季節や事象別に2万数千語収録。七言絶句は各句が2・2・3字の言葉から成るので、自分のイメージに合わせて、一定のルールに従って、パズル感覚で言葉を組み合わせていくのが第一歩です。まず、1、2、4句の7字目の韻を踏みましょう。

平仄（ひょうそく）の整え方を説明します（以下、平字を○、仄字を●と表示）。

①各句の2字目と4字目が○●の組み合わせとなる（二四不同）

②2字目と6字目が○○か●●になる（二六対）

③4字目の○は●で挟まれてはいけない（孤平不可）

④1・3・5字目は○●どちらでもよい（一三五不論）。

なお、◎の字は平字の中の「先」韻です（「1・2・4句の7字目は韻を踏む」ルールでしたね）。

●●○○●●◎　○○○●●○◎
博学奇才意豁然／風流三昧筆如椽
○○●●○○●　○●○○●●◎
文宗最愛湾星隊／金港薔薇捧墓前

「二四不同」「二六対」「一三五不論」「孤平不可」のほかにも、漢詩の決まり事はあります。使う言葉が2・2・3文字から成ることもそのひとつ。さらに「下三連は除く」という原則があり、下3字が○○○または●●●は不可です。七言絶句を作る場合、結句の下3字から作るか、起句の上2字（扶桑）から作るかすることが多いですが、その平仄が決まれば、あとは上述のルールを適用し、必然的に詩の形（各句の平仄の配置）が決まります。

○○○●●○◎　○●○○●●◎
扶桑天晦朔風鳴／東北深憂興未成
○●●○○●●　●○○●●○◎
南海近来多外患／済民経世恃先生

○は平、●は仄、◎は韻（鳴、成、生＝庚韻）

漢詩の平仄の並べ方には2タイプあります。起句（1句目。以下、順に承句・転句・結句）の2字目を○とするのが**「平起式」**。二六対、二四不同、孤平不可、一三五不論のルールを適用すると、△○△●●○○／△●△○△●○／△●△○○●●／△○△●●○○（△は平仄どちらでも可）。今回は、大魔神（●○◎）を結句の下3字に使いたかったので「平起式」。同じ韻の秘球人（●○○）、真絶倫（○●○）を考え、上4字の平仄も案配しました。**「仄起式」**は起句2字目が仄字で、残りの平仄も反対となります。

○○●●●○◎　●●○○○●◎
懸河百尺秘球人／躍動身軀真絶倫
●●○○○●●　●○○●●○◎
緬想横浜優勝日／熱狂民祀大魔神

○は平、●は仄、◎は韻（人、倫、神＝真韻）

今回は結句の下3字に「温雅声」＝平仄は○●◎＝を使いたかったので、逆算して起句2字目が●の仄起式の配置になりました。**七言絶句は起承転結をやかましくいわれます。**起承転結の好例として挙げられる俗謡が「京都三条の糸屋の娘／姉は18、妹は16／諸国大名は弓矢で殺す／糸屋の娘は目で殺す」。三段跳びでいえば助走とホップが起・承、ステップとジャンプが転・結。転句で場面が大きく転換して結句に着地します。実際の詩作では〝着地点〟（結句の下3字）を先に詠むことが多い。

●●○○○●◎　●○○●●○◎
博学多才前半生／近年金港盛詩名
○○○●○○●　●●○○○●◎
春風駘蕩平生態／耳底猶留温雅声

○は平、●は仄、◎は韻（生、名、声＝八庚韻）

【作詩上の注意―前掲作品を例にして】

漢詩を作るとき気をつけなければならないのは、日本でだけ通用する漢字熟語をうっかり使ってしまうことです。これを「和習＝和臭」という。例えば「人間」。日本では「ヒト」の意ですが、中国では「俗世間」。仲間が最近調べてくれた和習例を挙げます（後半が中国での意味）。

故人（死んだ人／旧友）、野望（大それた望み／遠く野づらを眺める）、仰天（びっくりする／天を仰ぐ）……。

「民主・人権」も李白杜甫時代にはなく、和習的な言葉ですが、現代中国でも使われているので、作品9（28ページ）ではこれを使いました。夏目漱石の漢詩にも和習があるといわれていますが、中国人には評価が高いそうです。

＊

漢詩のルールの一つに、詩の中に同じ字を使わない（同字不出）というのがあります。七言絶句は28字、ここで同字を使うのはもったいない、ということです。作品10（30ページ）でいえば、ハーモニカを吹くのだから「一吹」「三吹」でもいいはずですが、ルールに従い「弄」と「吹」にしました。しかし同字不出は割とゆるやかで、王維の「鹿柴」では「空山不見人／但聞人語響」。李白の有名な「山中にて幽人と対酌」は「両人対酌山花開／一杯一杯復一杯」、実に豪快。ルールを破っても、その理由が納得できれば許されるようです。

＊

作品11（32ページ）の平仄ルールの「孤平不可」。4字目が○ならその前後両方を●（○は平字、●は仄字）にしてはいけない、文字通り「平字を孤立させてはいけない」という意味です。この詩の起句で、4字目の敲は○。「閑敲」の閑は静と同じ意味だが、閑は○、静は●。静を使うと「静敲一●○●となり、敲が孤平になってしまうから、静は使えない。どうしても静を使いたいのであれば、5字目の一●を難○とすれば、●○○となり孤平は免れます。平仄のルールの中で、この「孤平不可」が最もうっかり間違いやすいのです。

＊

漢詩の平仄のルールは厳しい。7字目の韻字グループを考えているうちにうっかり「下三連（各句の最後の3文字の平仄が○か●でそろう）は不可」を失念することが多い（○は平声、●は仄声）。例えば作品12（34ページ）の下3字は起句●○○、承句●●○、転句○●●、結句●○○。作詩ではまず結句の下3字を決めると作りやすいといわれます。「水潺潺」は酒井さんの句から借りたので、「潺」と同じ「先韻」の中から「妍」と「川」を探し出しました。

＊

大正天皇の漢詩は風雅でユーモアがあり、詩的センスも抜群で、少しでもあやかりたいと思う。作品13（36ページ）は清張先生の「腰」を押したことをぜひうたいたかったので、韻は腰の蕭韻で決まり。ドイツのバイエルン州はビールとワインの村が多く、野山にブドウ畑が広がっていました。同じ蕭韻の「遥」でそれを表そう。詠みたい風景を思い浮かべながら、使うと決めた韻字の下3字の言葉を詩語集から選び出す。「遥」には「一天遥」「一水遥」などの例があったので、「田圃遥」と置き換えました。

＊

漢詩作りの要諦は「多読多作多商量（考える）」といわれています。多商量は「よく推敲（すいこう）する」ということです。考えすぎ、いじりすぎて詩が悪くなることもありますが、推敲は欠かせない。作品14（38ページ）は最初「百花丘上海風涼／霧笛橋辺聳学堂／金港雅茵新進集／忘年相語鼓詩腸」だった。「学堂」と「雅茵」がダブりに思えていろいろ考えるうちに、涼・堂・腸の陽韻を変えたらとひらめいた。詩語集で「毎回新」と「放詩神」を見つけ、新・親・神の真韻で作り替えました。よくなったか、どうか……。

＊

漢詩作りを独学で行うのはなかなか難しい。できれば漢詩教室で仲間とともに先生について習うのが一番です。「一字の師」という言葉がある。七言絶句で28字中の1字を直されただけで、見違えるような詩になることがあります。作品15（40ページ）で、転句は最初「絶技命名其白井」だったが窪寺貫道先生に直されました。「名」と「其」しか残っていません。私にとって一字の師どころか「五字の師」です。われわれ生徒の提出する作品には、しばしば「意不通」「アア、ソウデスカ!!」「単なる説明！」と朱が入って返される。漢詩作りは奥深い。

＊

「漢詩は転・結句から作るのがいい」と言われますが、作品16（42ページ）の場合、まず承句ができた。正月の箱根駅伝の往路3区（と復路8区）は湘南海岸沿いの道路で、海はサーファーたちでにぎわう。たすきを掛けたランナーと黒いウエットスーツのサーファー、2種の若者を詠もうと思いました。両者を「走路人」「滑瀾人」とし、あえて同字重出で「人」を使ったので、韻は真韻で決まり。〝新年の富士山〟から「新」を起句に、〝元気な青春〟から「春」を結句に置き、韻を整えました。

＊

シュートが決まると5人が輪になりペコリと頭を下げるパフォーマンスで人気の「スマイルジャパン」。最も地味なゴールキーパーを詩にしてみたいと思いました。鎧《よろい》兜《かぶと》と見まがう約20キロもの防具を着けた選手が、マスクを外すとかれんな乙女の顔になるのが何とも面白い。

承句の「颪」は、押韻した「雄」「躬」「童」と同じ東韻。脚韻以外の場所で同じ韻を使うのは「冒韻」として禁じられていたが、最近はあまり厳しくいわなくてもよい、というルールになりました。

＊

漢詩の世界には今、3種類の字があります。当用漢字と旧字、それに中国の簡体字です。例えば作品18（46ページ）で使った「海辺」の辺は当用漢字、邊が旧字、边が中国簡体字。全日本漢詩連盟の漢詩大会では、詩は旧字、読み下し文では当用漢字を使う決まりですが「これから漢詩を始めようという若い人のため、すべて当用漢字を」という声もでています。現在中国で刊行される詩集は、李白も杜甫もすべて横書きの簡体字。雲→云、陰→阴…など、実に読みにくいものです。

秀作から学ぼう

◆漢詩は中国人が読んで分かる言葉を使わなくてはならない、とされています。例えば「油断」は日本語で、中国人にとっては「注意を怠る」という意味はなく、「油を断つ」「油がきれる」と受け止められます。日本風の言葉は前述の通り「和習」といい、禁止されています。作品19（48ページ）の「電脳」「手機」はもちろん杜甫や李白の時代にはないものですが、現代中国語でそれぞれ「パソコン」「携帯電話」の意味で使われているのでOKです。日本の漢詩なのだから「鱩《はたはた》」「峠」などの国字に平仄をつけて使えるようにしたい、という意見もあります。

◆最近、女性学の論客・上野千鶴子さんから、漢詩は「歴史的賞味期限が切れたジャンル」と決めつけられ、俳人で批評家の江里昭彦さんからも「20世紀に入る頃から急速に衰えていって、今ではつくるひとはいない」と断言されました（「アナホリッシュ国文学」第5号の座談会）。しかし神奈川県漢詩連盟では会員の作品集「神奈川清韻」第2集を発行。3年前の第1集より約20首多い103首が集まった。鳥の目で見れば漢詩はゼロに等しいでしょうが、虫の目でみれば「どっこい生きている」。

◆遊び心いっぱいで、舌を巻いたのは石川晏子さんの「狩猟王フェルディナント公」という漢詩。ボヘミアの森にあるコノピシュチェ城の主フェルディナント公を詠んでいる。

寒天鞭打躍金鞍
鞍上大公回首弾
弾射山麋血侵雪
雪華繚乱馬嘶寒

寒天鞭打《べんだ》すれば金鞍《きんあん》躍る
鞍上の大公、首を回《めぐ》らして弾《う》つ
弾は山麋《さんび》を射て血は雪を侵す
雪華繚乱《りょうらん》、馬嘶《ばせい》寒し

1字目と7字目の文字がつながり、元に戻る連環体。驚くべき技巧です。

◆作品22（54ページ）の結句は当初「小鳴何処巧蔵身」だったが教室で「蔵」を「隠」にして上下を入れ替えよ、と指導されました。「蔵」は「隠して見せない」の意で、「逃げ隠れる」の意味はない。「隠」は「隠れて見えない」だから、こちらの方がよい、とのこと。師はことあるごとに「辞書は引くものではなく、よく読むものだ」と言われます。本当は諸橋大漢和辞典（全14巻）を開き、漢字の意味を確かめ、詩の使用例を調べるべきなのだが、つい漢和中辞典で済ませて、怒られている。

◆理科系出身者に漢詩の上手な人が多いと感じる。例えば地震学が専門の村内必典氏。1956年に始まった南極観測隊に参加、越冬も経験した96歳の科学者で、漢詩に魅せられた一人。氏は「日本人の作る『和風漢字詩』があってもいい」と唱えています。例えば「原爆投下」という32行の詩はこんな感じです。

昭和廿年八月朝
六日快晴講義中
全天閃光受衝撃
驚望北東赤火球
……
最近世界不安寧
原爆廃止願望空

早急開発防衛機
海上撃落敵原爆

◆作詩がうまくいかないときの打開策のひとつは、思い切って7字目の韻を変えてみることです。作品24（58ページ）は、完成する前は次のような作品でした。

京洛青春磨筆鋒
談論風発洗塵胸
政権批判精神健
忙裏時斟酒味濃

冬韻（鋒／胸／濃）で作ったのだが、「京洛青春」と大学時代から始めたのがまわりくどい気がして、真韻（人／倫／純）で作り直しました。結果、そのまま残ったのは「談論風発」「忙裏時斟」の8字だけ。テーマは同じでも、下3字が変わると気分一新の感じになります。

◆今年（２０１４年）の全日本漢詩大会は9月20日、仙台市で開かれた。栄えある文部科学大臣賞は名古屋市の木本久子さん作「湖上暮景」でした。

驟雨一過涼気生　　驟雨《しゅうう》一過涼気生じ
湖雲散尽水天晴　　湖雲散じ尽くして水天晴る
渡頭入夜無人影　　渡頭（渡し場）夜に入って人影無し
只有游船載月横　　ただ游船の月を載せて横たわる有るのみ

「『載』が、一字千金。今までは人を載せていたが、真夜中には月を載せるのである」と全日本漢詩連盟、石川忠久会長の評。

◆漢詩教室の仲間・中島龍一さんが「桜花盛開」という面白い詩を作った。

春到愁人生気回　　春到り愁人生気回《かえ》る
千紅樹下傾觴杯　　千紅の樹下觴杯を傾ける

花顔少婦慰青眼　花顔の少婦（若い女性）青眼（好意をもった眼）を慰める
斜日帰途忘杖来　斜日（夕方）帰途、杖を忘れて来たる

窪寺貫道先生は「3句目の『慰』では弱い。『嬌』（なまめかしい）がいい。『妖』ではとりこになって腰が抜ける」。まさに「一字の師」です。

◆現役時代、私は会社の野鳥の会に入っていて、月に1回は仲間とバードウォッチングに出かけていました。大磯町の海岸には、夏になると丹沢山系の里山からアオバトが飛来する。ひなのために海水を吸飲してミネラルを摂取するのです。
漢詩仲間の大原真理子さんのアオバトの詩。

青鳩索鹵大磯礁　青鳩 鹵《しおつち》を索《もと》む大磯の礁
高下頻頻抗暮潮　高下頻々暮潮に抗《あらが》う
料得孱雛孑然待　料《はか》り得たり孱雛《せんすう》（ひな）孑然《げつぜん》（ぽつねん）として待つを
余光為彼少無消　余光彼が為に少《しばら》く消ゆること無かれ

◆県漢詩連盟ができて今年（２０１５年）で９年目になります。毎春、初心者入門講座を開く。神奈川新聞をはじめ各紙のお知らせ欄にも、その記事を載せてもらっています。毎年30〜40人の初心者が集まり、６回の入門講座で漢和辞典の引き方、詩語表の見方から勉強していく。七言一句を作るときは〝寺子屋方式〟と称して３、４人の少人数グループに２人ずつ先輩がアドバイザーとしてつき、文字通り手取り足取りの授業となります。こうして金星会、三水会、好文会、詩游会、五友会、以文会、七歩会、八起会の漢詩サークルができ、今や連盟の中心的存在になりました。

◆同じ漢詩でも、それを訳す人によって詩の味わいが変わってきます。佐藤春夫と井伏鱒二。

韋応物の

懐君属秋夜　　君を懐うて秋夜に属す
散歩詠涼天　　散歩して涼天に詠ず
山空松子落　　山空しくして松子落ち
幽人応未眠　　幽人応に未だ眠らざるべし

佐藤訳は、

君のしのばれ長き夜を
夜さむに歌ひさまよへり
松かさ落ちて山しずか
侘びびといまだ寝ねざらん

井伏訳は、
ケンチコヒシヤヨサムノバンニ
アチラコチラデブンガクカタル
サビシイ庭ニマツカサオチテ
トテモオマエハ寝ニクウゴザロ

◆神奈川県漢詩連盟では毎春、初心者入門講座を開く。卒業生は漢詩サークルをつくり、さらに勉強を続けていきます。そんなサークルが金星会、三水会、好文会、詩游会、五友会、以文会、七歩会、八起会と八つできたが、この中の好文会が真っ先に「好文会詩集」を刊行しました。メンバー9人が1人当たり6~10首の詩とその背景を解説文としてつけ、少しでも読みやすくする努力をしている。

瀧川智志さんの「春日開花」は「一日恵芳随暖風／一花濃艶發孤叢／一蜂汲汲自西到／一蝶翩翩来自東」と一を起承転結の1字目に並べる遊び心のある詩となっています。

◆日本で唯一の漢詩専門誌「二松詩文」が今年（2015年）1月で150号を迎えました。38年前、二松学舎創立100周年記念事業として発刊されました。年4回発行、毎号64頁、会員の漢詩約330首が載っています。

1916（大正5）年に漢詩人としても卓抜な力をみせた夏目漱石が亡くなり、翌年朝日新聞の漢詩欄が消えると、他の新聞も一斉に右へ倣え、世間の人が漢詩に触れる機会が失われました。以来、下降線をたどった漢詩を、1977（昭和52）年創刊の「二松詩文」が何とか待ったをかけてきた。2003年に全日本漢詩連盟ができるまで「二松詩文」は孤軍奮闘でした。

◆漢詩界の最長老で「鷗山」の雅号を持つ村内必典さんから著書『三槭庵詩集補遺』を頂いた。詩集の後半は仲間の「梅塘」関谷則さんと七言絶句の前後聯《れん》を交互に作る聯句が380首並んでいます。お二人とも90歳を超え、パソコンのメールを使ってのやりとりだったとあります。

2012年6月の「新茶を喫す」という詩――。

窓外雨霑籬畔花（梅）　窓外雨は沾ほす　籬畔の花

小斎閑坐試新茶（梅）　小斎閑坐し　新茶を試む

菲菲馥気催懐旧（鷗）　菲菲たる馥気　懐旧催す

往昔隣翁蒸露芽（鷗）　往昔隣翁　露芽を蒸せしを

みごとな翁媼の応酬です。

◆5月に『道路の日本史』（中公新書）という面白い本を出版された武部健一さんだが、刊行直後に亡くなられた。89歳。長年、日本道路公団に勤め、各地に高速道路を造ってきた方だが、漢詩にも造詣が深く、ご自身の漢詩集もあります。

この本の中に大正天皇の漢詩「日本橋」が引用されています。

絡繹舟車倍旧饒　絡繹《らくえき》たる（連なり続く）舟車　旧に倍して饒《おお》し

高楼傑閣聳雲霄　高楼傑閣　雲霄に聳《そび》ゆ

神州道路従茲起　神州の道路　茲《ここ》より起る

不負称為日本橋　　負《そむ》かず称して日本橋と為すに

全国の道路の起点たる日本橋の風格が詠まれています。

◆最近、詩歌の初心者のための素晴らしい入門書が2冊でました。石川忠久『漢詩の稽古』（大修館書店）と芥川賞受賞の又吉直樹×堀本裕樹『芸人と俳人』（集英社）。

前著は30年続く作詩の会で、お弟子さんたちが提出した詩にヒントを与えて推敲《すいこう》させ、さらに懇切丁寧に添削した実例集で、作詩の勘所がよく分かります。

後著は今や時の人となった又吉さんがプロの俳人、堀本さんの胸を借りて有季定型俳句を一から学んでいくプロセスを対話の形でまとめたもの。俳句は17音、漢詩も絶句は20字か28字という短詩だが、発想や句の作り方などに共通する点があり、読み比べると面白い。

◆最近、安藤始『三浦哲郎論─血脈の迷路』（おうふう社）が出版された。著者は愛情をもって全作品を論じ、格好の三浦文学ガイドブックになっています。

1960年芥川賞受賞の『忍ぶ川』は永遠に日本文学史に残る名作だが、小説中に出てくる妻となる志乃は徳子夫人がモデルです。家庭生活ではもちろん、作品の中でもしばしば登場、夫人の内助の功は大きかった。そのことを詠んでみました。

酒肆嘉名是忍川　　酒肆（酒場）の嘉名是れ忍ぶ川
佳人逢得好因縁　　佳人逢い得たり好因縁
五旬同歩阻難路　　五旬同《とも》に歩む阻難の路
倶哭清魂去杳然　　倶《とも》に哭す清魂杳然として去るを

◆全日本漢詩連盟でも神奈川県漢詩連盟でも、女性会員の割合は20～30％くらいだろうか。それでも女性の実力者は多い。神漢連の古田光子さんや水城まゆみさんは、カルチャーセンターなどで「漢詩初級入門講座」を開いています。漢詩にも女子会があってもいいじゃないか、という声が上がって今年2月、神漢連の中に女子会が生まれました。古田、水城さんを中心に20数人が参加して「漢詩に登場する悲劇の女性」といったテーマで勉強会が進んでいます。会場は神奈川近代文学館。同館の手前に霧笛橋があるので会の名前は「霧笛（無敵）女子会」となりました。

◆今年の全日本漢詩大会は菅原道真ゆかりの福岡県太宰府市で10月17日に開かれました。応募詩の数は624首。文部科学大臣賞は兵庫県芦屋市の渡邊和幸さんの「西伯利亜（シベリア）墓標」。

雁叫胡天落日原　雁は胡天に叫ぶ落日の原
凍飢苛役度朝昏　凍飢苛役　朝昏度る
一書不至故山杳　一書至らず故山杳かに
空朽幾多蘇武魂　空しく朽ちる幾多　蘇武の魂

石川忠久・審査委員長評「先の大戦にシベリアへ連行されて命を落とした兵士を弔ったもの。何と言っても漢代の蘇武の故事になぞらえた機知が光る」

◆孔子の里として知られる佐賀県多久市では毎年「全国ふるさと漢詩コンテスト」を開催されています。最優秀賞の作品は陶板に刻まれ、孔子像の近くの詩碑にはめこまれる。昨年第18回のコンテストで、入選6作品のうち3作品が神奈川県漢詩連盟の仲間だったのはうれしかった。最優秀賞の池上一利さんも神漢連会員。

摩周湖

水色旻天同蔚藍　　水色旻天《びんてん》（秋空）同《とも》に蔚藍《うつらん》（深い藍色）
北山深処満晴嵐　　北山深き処晴嵐（晴れた日の霞）満つ
忽聞響震叢林裏　　忽《たちま》ち聞く響震叢林の裏《うち》
群鹿下於千古潭　　群鹿千古の潭《ふち》にむかって下る

◆二松学舎大学は毎年「全国学生・生徒漢詩コンクール」を開催している。大学生と高校生が対象だが、10回目の昨秋、初めて中学生が優秀賞に入った。八王子市立椚田《くぬぎた》中2年の飯田航輝さん。

訪韮山反射炉

一望山青列美田　　一望す山青く美田列《つら》なるを
火炉突兀豆洲天　　火炉突兀《とっこつ》す　豆洲（伊豆）の天
伝聞工事難成業　　伝え聞く工事業成り難しと
遺構猶存総儼然　　遺構猶お存し総て儼然

飯田さんは祖父から漢詩の手ほどきを受け、作り始めたという。漢詩は若者から敬遠されがちだが、その水脈はわずかながら残っているようです。

◆静岡県は富士山が世界遺産になって、2月23日を「富士山の日」と決め、それを記念して「富士山漢詩コンテスト」を実施。このほど入賞作品が決まりました。最優秀賞は堺市・山本武雄さん。

富嶽

屹立雄姿東海湾　屹立《きつりつ》せる雄姿東海の湾

穿雲戴雪隔人寰　雲を穿《うが》ち雪を戴き人寰《じんかん》（人の世）を隔つ

詩文難尽筆難画　詩文尽くし難く筆画き難し

不動泰然無我山　不動泰然無我の山

富士山の漢詩では江戸時代の石川丈山の七言絶句でとくに転結句「雪は紈素《がんそ》の如く煙は柄の如し／白扇倒《さか》しまに懸る東海の天」が有名です。

◆「全漢詩連会報」52号に載せるため、音楽評論家の湯川れい子さんに漢詩にまつわるエッセーを頼みました。父上は長らく中国駐在武官だったから物心づいた頃には家のあちこちに漢詩の書があったそうだ。今も仕事に疲れたときは白居易の長恨歌を読んで息を抜くという漢詩ファンです。

その湯川さんが父上から教わった詩の一節「千鈞の弩《ど》は鼷鼠《けいそ》のために機を発《はな》たず」——重い大きな弓はハツカネズミのような小物に使ってはならない。男たるもの、小さなことに腹を立てるな。湯川さんのジャズ評論にこんな漢詩の血が流れているようです。

◆漢詩は若い人には、なかなか届かない。『火花』で芥川賞を受賞したお笑い芸人の又吉直樹さんに『新・四字熟語』という面白い本があります。「現世を標榜する新たな四字熟語があって然るべき」と又吉流の四字熟語が120並び解説もついています。「馬面猫舌」（分かりやすい欠点が二つあり短所の渋滞を起こすこと）など。中に「合法非道」（法律上は問題がないので罰せられることはないが非道であること）があり、漢詩仲間の瀧川智志さんに見せると、下3字「安保法」をつけて七言一句、「合法非道安保法」、これは「やわらか漢詩」と言おうか。

◆2015年6月19日、川崎市教育文化会館で、詩吟では全国屈指とされる岳精流日本吟院の吟道大会が開かれた。全国から集まった数百人の男女吟詠家が喉を競ったが、中でも圧巻だったのは構成吟「中国漢詩の全盛時代を尋ねて」。吟詠、剣舞、映像を巧みに組み合わせて、孟浩然「春暁」、王翰「涼州詞」、杜甫「春望」など15首を40数人で分担し朗々と歌い上げたのは圧巻でした。

返り点などを生み出し、漢詩を日本語として読み下す方法を開発した9世紀の日本人は素晴らしいが、意味は正確に理解できても平仄押韻という詩の音楽性は失った。詩吟は、その漢詩の音楽性を補うものかもしれない。

◆全漢詩連の全国理事・評議員会が5月に開かれました。その時、大地震が起きた熊本から出席した林孝子さんが「いとおしんできた形ある物たちは一瞬にして壊れたが、二十数年続けてきた漢詩は破壊されることなく、かけがえのない大きな財産と分かった」とあいさつ、みんな感動しました。その時、石川忠久全漢詩連会長が「贈林孝子女士」という七絶を披露されました。

春尽今遭夏気開　　春尽きて今夏気の開くに遭う
薫風吹度好楼台　　薫風吹き度《わた》る好楼台
詩盟南北東西士　　詩盟南北東西の士

中有肥州蔡女来　　中に肥州の蔡女の来る有り

熊本の林さんを後漢に生きた女性詩人、蔡琰《さいえん》にたとえたのです。

◆猛烈なスピードで進化している人工知能（ＡＩ）のことが気になって仕方がない。将棋・囲碁では一流のプロ棋士がＡＩに敗れました。文芸の世界でも「星新一文学賞」の1次選考を、ＡＩの書いた小説がパスした。このＡＩを開発した学者によれば「将棋や囲碁には厳しいルールがあるので学習しやすいが、小説はあいまいで難しい。まだ20％くらいしか力が出せない」とか。漢詩には押韻、平仄、二四不同、二六対などのきびしい規則があります。

ＡＩが詩経以来の何十万首の詩を吸収学習し〝深層学習〟を重ね始めたら、と思うとその将来が怖くなります。

◆今年（２０１６年）の全日本漢詩大会は京都で開かれた。投稿された七言絶句は６５７首で、近年では最も多く、京都大会は盛会でした。

文部科学大臣賞は東京・山田治さんの「古都晩景」。

秋老鴨川斜日浮
浮図千載地偏幽
幽鐘勾引東山月
月冷観音堂外秋

秋老ゆる鴨川　斜日浮かび
浮図は千載　地は偏《ひとえ》に幽なり
幽鐘は勾引す　東山の月
月冷ややかなり　観音堂外の秋

神漢連では83歳の秋吉邦雄さんが「鶴陵廟（鶴岡八幡宮）偶成」という詩でＮＨＫ京都放送局賞を受賞されたが残念ながら表彰の前に急逝された。

◆10月19日、神奈川県漢詩連盟は創立10周年の記念式典を行いました。この間まで神奈川新聞の文化部長を務めた丸山孝さんも出席、祝辞をいただきました。会員78人でスタートし、現在は３００余人に成長しました。できるだけ〝休眠会員〟を出さないような活動を続ける知恵を出し合っていきたいもの。この節目の年に『神漢連10年史』と神奈川の風物を詠んだ頼山陽などの詩を80首集めた『神奈川漢詩紀行』も出版できました。来年3月には横浜中華街と手を組んで「中華街」「中華料理」をテーマの詩を募集し、大々的に漢詩大会を開き、「漢詩で遊ぼう七言一句」イベントも行います。

◆今年（２０１６年）は夏目漱石の没後１００年にあたります。それを記念して二松学舎大学が漱石のアンドロイド（人間型ロボット）を製作する。漱石は二松学舎の前身の漢学塾で学んだことがあり、晩年は午前中に小説「明暗」を書き、午後は漢詩を書いたのは有名。

眞蹤寂寞杳難尋
欲抱虚懐歩古今
碧水碧山何有我
蓋天蓋地是無心
依稀暮色月離草
錯落秋聲風在林
眼耳雙忘身亦失
空中獨唱白雲吟

真蹤《しんしょう》寂寞杳《よう》として尋ね難し
虚懐を抱いて古今を歩まんと欲す
碧水碧山何ぞ我有らん
蓋天蓋地是れ無心
依稀たる暮色月草を離れ
錯落たる秋声風林に在り
眼耳双つながら忘れ身も亦た失す
空中に独り唱う白雲の吟

これが漱石の人生最後の七言律詩。アンドロイドの声は孫の夏目房之介さんが協力するとのこと。

◆2016年度二松学舎大学の全国学生・生徒漢詩コンクールの表彰式が昨年11月23日に二松学舎で開かれました。

生徒部門の優秀賞は仁愛女子高・斉藤杏奈さんの「秋夜偶成」。

虫声断続早涼生
天地寥寥銀漢横
夜読風檐詩味好
孤灯痩尽到深更

虫声断続して早涼生じ
天地寥々　銀漢横たわる
夜読の風檐　詩味好ろし
孤灯痩せ尽くし深更に到る

若い人たち、中高生に漢詩を作ってもらうのは至難の業です。生徒・学生漢詩コンクールに応募するのは学校に漢詩に関心を持ち、自らも詩作する実力のある先生がいるかどうかにかかっている。前途はきびしい。

◆神奈川県漢詩連盟の発足と発展は、朝日カルチャーセンター横浜の「漢詩実作教室」の窪寺啓先生なくしては考えられません。教室の生徒を中心に連盟を結成、あらゆる行事に窪寺先生に参加してもらいご指導願った。教室の先生はまことにきびしいが、それでもついていくのは、先生の漢詩への情熱がひしと感じられるからです。先生が最近刊行された『同塵舎詩鈔・第三集』の中の「横浜望港公園即事」という詩。

潮風侵阜送清香
満目薔薇對碧洋
五彩映天春須盡
何輸國色傲新妝

潮風阜《おか》を侵し清香を送る
目に満つ薔薇碧洋に対す
五彩天に映じ須らく春尽すべし
何ぞ国色（牡丹）に輸《ま》けんや新妝傲る

あとがき

私の漢詩とエッセイが「漢詩への誘い」と題して神奈川新聞文化面に２０１２年４月から２０１７年３月まで、ほぼ月1回、50回連載できたのは、歴代の文化部長、西郷公子、青木幸恵、丸山孝さんのご理解があったからこそである。

夏目漱石が大正5年に亡くなって、その翌年から朝日新聞紙上から漢詩が消え、全国の新聞からも潮が引くように漢詩が姿を消したと言われる。戦後は英語一辺倒で益々漢詩はカゲが薄くなり、日常生活の中で漢詩に触れる機会は激減した。漢詩は絶滅危惧種ではないか。漢詩を作る人はふえなくても、一般の人が漢詩と出会うチャンスを少しでもふやすことはできないだろうか。その第一歩として何とか漢詩をどんなかたちであっても日刊の新聞に掲載したい。なれるものなら漢詩の一広告塔になりたい。そんな気持で神奈川新聞社に、当時の文化部長・西郷公子さんを訪ねた。最初はあまり乗り気ではなさそうだったが、帰りぎわに数年前に出版した私の『人と出会う』（岩波書店）という取材記録のような著書を渡すと、数日後、「あの本、面白かったので、漢詩とそれにまつわるエッセイというかたちなら第5日曜日の文化面（年間4回位）にスペースを取ってもいい」という電話があった。あきらめかけていた私は天にも昇る気分であった。3回目の原稿を渡すとき、新文化部長の青木幸恵さんから「わりと評判がいいので来年から第1日曜日の掲載にしましょう」と月1回に〝昇格〟した。あしかけ6年つづいた連載は紙面大改造ということで50回でピリオドを打った。またいつか、新しい書き手が新しいスタイルで漢詩を新聞で紹介する日が来るだろうと期待している。

この『平成の漢詩あそび』の刊行に神奈川県漢詩連盟会長として積極的に尻を押してくれた三村公二さん、編集・校正など細かい仕事を引き受けてくれたのは、香取和之、大森洌子、瀧川智志の三氏である。また、造本と流通のすべてを引き受けてくれたのは古くからの友人、西田書店の日高徳迪さんである。これらの皆さんに心から感謝いたします。ありがとうございました。

2017年11月

岡崎　満義

著者略歴

岡崎満義（おかざき　みつよし）
1936年鳥取県生まれ。60年京都大学文学部哲学科卒業。同年文藝春秋入社。「ナンバー」初代編集長、「文藝春秋」編集長など歴任。1999年同社退職。2003年全日本漢詩連盟創立発起人、常務理事。2011年かながわ漢詩連盟会長。現在両連盟顧問。
著者に『人と出会う』（岩波書店）、『思い出の作家たち』Ⅰ・Ⅱ（文藝春秋）、『長嶋茂雄はユニフォームを着たターザンである』（大和書房）などがある。

平成の漢詩あそび

２０１７年12月10日　初版第１刷発行

●著　者――岡崎満義《おかざきみつよし》
●発行者――日高徳迪
●装　丁――臼井新太郎装釘室
●装　画――きくちまる子
●印　刷――倉敷印刷
●製　本――和光堂製本

発行所　株式会社西田書店
〒１０１-００５１
東京都千代田区神田神保町２-34　山本ビル
Ｔｅｌ　０３-３２６１-４５０９
Ｆａｘ　０３-３２６２-４６４３
http://www.nishida-shoten.co.jp

ISBN978-4-88866-622-0 C0092